Jean Saint-Martin

La Fontaine de Vaucluse

Ses Souvenirs

L. SAUVAITRE

LIBRAIRE-ÉDITEUR

72, Boulevard Haussmann — PARIS

LA

FONTAINE DE VAUCLUSE

JEAN SAINT-MARTIN

LA

FONTAINE DE VAUCLUSE

ET SES

SOUVENIRS

DESSINS DE BILL, EYSSÉRIC, KARL, PAUL SAÏN
ET GEORGES ROUX

PARIS
LIBRAIRIE GÉNÉRALE DE L. SAUVAITRE
72, BOULEVARD HAUSSMANN, 72
—
1891

En écrivant ce livre, je me suis proposé d'attirer l'attention sur un des plus beaux sites de notre France.

Enfant, c'est à Vaucluse que j'éprouvai la première de ces impressions profondes et ineffaçables que les grands spectacles de la nature laissent dans la pensée. Depuis, mon enthousiasme ne s'est point lassé, et, après de longues années, j'assaye de peindre cette vallée chère à Pétrarque, cette source merveilleuse qui a, de tout temps, inspiré tant d'admiration.

Heureux serais-je si cette modeste monographie contribuait à attirer vers cette solitude magique, comme l'appelait Alfieri, les voyageurs et les touristes français qui vont chercher au delà de nos frontières des spectacles moins beaux et moins justement célèbres que celui-ci.

J. S-M.

Le Pont Saint-Bénézet d'Avignon, dessin de Paul Saïn.

I

D'AVIGNON A VAUCLUSE

Le nom de Vaucluse, à l'euphonie si douce, èst connu dans le monde entier. Il suffit qu'on le prononce pour qu'il éveille l'attention et l'intérêt, car, en vertu d'un rare privilège, il s'agit ici d'un site qui, tenant de la nature un caractère saisissant d'originalité, de puissance et de grâce, a reçu, en outre, la consécration de la science, de l'histoire et de la poésie.

Ce vallon clos, *vallis clausa*, ce paysage si noble d'allure, où s'entassent des rochers tels que Salvator Rosa n'en peignit jamais de pareils; ce coin perdu dans cette Italie des bords du Rhône qui est elle-même un des plus beaux joyaux des provinces de France, évoque pour l'imagination une foule de souvenirs gracieux et émouvants. La Fontaine de Vaucluse n'est-elle pas voisine du séjour des Papes exilés? Du haut de ce qui fut leur demeure féodale, n'aperçoit-on pas, dans la grisaille ensoleillée, la falaise énorme au pied de laquelle murmure la Sorgue s'échappant de son mystérieux berceau ? Et lorsque, pris de nostalgie, les serviteurs des cours pontificales s'en allaient errant à travers ces vertes campagnes, n'est-ce point sur les rives solitaires de la rivière vauclusienne qu'ils s'arrêtaient pour exhaler le *super flumina* de leur âme attristée? Peut-on, enfin, séparer Vaucluse de cette Avignon du quatorzième siècle, où, dans la tempête des révolutions, l'Italie, maîtresse du monde, était venue abriter sa domination spirituelle et temporelle ?

C'est là-bas, dans cette anfractuosité profonde qui du haut du Rocher des Doms, vous apparaît, à l'orient, au flanc d'un massif montagneux tout dénudé, c'est là-bas qu'un écrivain illustre entre tous, avait, fuyant la ville, fixé sa demeure et qu'il y conçut, avec ses chants d'amour, la plupart des œuvres qui ont fait son nom immortel. Et cet homme est Pétrarque; Pétrarque, le plus grand poète italien, après Dante; Pétrarque, qui fut le plus savant restaurateur des lettres et l'un des véritables précurseurs de la Renaissance; Pétrarque, qui fut aussi un homme politique, mêlé aux luttes violentes de la Péninsule essayant de reconquérir son antique splendeur; l'ami de Rienzi, le conseiller des princes, le censeur des souverains pontifes ; Pétrarque enfin qui, interprète éternel des cœurs souffrants et chantre favori des amants et des rêveurs, demeure surtout, pour l'histoire, l'un des plus ardents patriotes de sa noble et malheureuse nation, à la fin du moyen âge.

A ces souvenirs viennent se joindre des impressions d'un autre ordre : ici, en effet, à Vaucluse, se dresse pour le savant un problème géologique très singulier, d'un haut intérêt, qu'il faudra bien résoudre un jour, et dont la solution nous réserve peut-être les plus étonnantes surprises. Qu'est, en effet, cette source extraordinaire qui jaillit de ce rocher formidable et aride, si puissante dès sa sortie qu'elle est déjà un fleuve? D'où vient-elle, comment ses eaux se sont-elles frayé leur cours avant de voir la lumière du ciel et — ceci est conforme aux prévisions de la science, — quel est le monde merveilleux qui constitue leur domaine invisible, dans les entrailles de la terre?

Nous supposons que le voyageur qui va visiter la Fontaine de Vaucluse s'est arrêté à Avignon. Qu'il en profite pour visiter la ville. Certes, elle en vaut la peine. Elle a le mérite très grand de n'être point une ville banale. Elle est étrange dans sa situation, dans ses aspects, dans sa couleur, comme elle l'est dans son histoire, où se mêlent la Grèce païenne et la Rome antique, la République autonome, la féodalité, la Provence, l'Italie et la France. Ses remparts, ses monuments et ses rues lui font, comme les souvenirs de son passé, une physionomie des plus originales, fortement accusée, très en relief et, si l'on peut ainsi parler, une singulière personnalité.

Il faut parcourir ces rues, visiter ces monuments, faire le tour de ces remparts : c'est comme si l'on lisait des archives vivantes. A Avignon — en Avignon, pour mieux dire, — on peut, si l'on sait voir, parcourir un fidèle microscome de l'art, tout à fait remarquable. Les architectures romane et gothique y ont, dans ses églises, leurs épreuves les plus nettes, les plus pures ; l'architecture militaire et féodale y étale, dans la construction du Palais des papes, un magnifique exemplaire, unique au monde. Dans de modestes maisons de pauvre apparence, des chercheurs ont découvert des débris de cloîtres, des fragments d'ogives, des escaliers Renaissance d'un style admirable, d'une grâce et d'une puissance incomparables. Les primitifs de la toile et du marbre y ont laissé, dans telle chapelle obscure, des traces palpitantes de leur génie précurseur et noblement naïf. Dans quelques vieux hôtels, sous des plafonds et sous des boiseries pleins de magnificence, on y peut trouver encore des œuvres qui portent les noms des maîtres de toutes les écoles, représentées d'ailleurs au beau musée Calvet, pour lequel Biret, le grand maître serrurier d'Avignon, vient de faire une porte en fer forgé qui est toute une gloire.

Il faut voir aussi Avignon du dehors. Du parapet du pont de bois, la vue s'étend sur le vaste domaine que s'est fait le Rhône lorsqu'il est sorti de la vallée qui, plus haut, limitait son cours impétueux, devenu ici majestueux et calme : au loin, le Ventoux, presque transparent dans l'éther ; à gauche, les contre-

Tour de Philippe le Bel

forts des Cévennes, flanqués de la tour de Philippe-le-Bel et du fort de Villeneuve, sentinelles de pierre que la vieille France avait placées devant le Comtat ; à droite, par delà les oseraies de la Barthelasse, verte oasis, les remparts crénelés de la ville et la masse imposante du Palais des papes. Ces murailles jaunies et couleur d'or vieux, ces lignes pures qui, dans la vallée immense, courent le long du fleuve, coupées par les verdures des fonds et par les saillies dentelées des collines ; ce fleuve qui descend dans le midi rayonnant, vers la Camargue et la mer, faisant déjà pressentir les horizons infinis de son grandiose estuaire, tout cela offre au regard, un spectacle inoubliable, qui laisse à l'esprit une prodigieuse sensation de lumière débordante, éblouissante et suave à la fois.

Mais il faut voir encore la vieille cité du haut du Rocher des Doms, un belvédère sans pareil : le spectacle est indescriptible, car ces tons, cette lumière, ces effets de pierre et de verdure, ce fleuve accourant de loin et s'enfuyant vers les terres d'Arles, ces coteaux découpés dans un azur divin, ces horizons éclatants que bornent des hauteurs rosées ou bleuies par on ne sait quelle magie de prisme, ces Cévennes verdâtres qui sont le nord et ces Alpilles d'or qui sont l'orient, tout cela ne peut se peindre. Et pourtant, ils sont un bien joli tableau ces vers de Jean Aicard !

Vignes du Languedoc, oliviers des Alpines,
Toi qui dresses si haut ton front neigeux, Ventoux ;
Alpes du Dauphiné, forêts, monts et collines,
Dans la plaine, à vos pieds, que regardez-vous tous ?...

Les pics et les coteaux, les vignes et les chênes,
Etageant leurs gradins en cercle à l'horizon,
Regardent au milieu des mûriers, dans les plaines,
Près du Rhône qui fuit, la hautaine Avignon.

Pour aller d'Avignon à Vaucluse, la route la
plus courte est celle de la voie ferrée, jusqu'à l'Isle.
On prend la ligne des Alpes et l'on franchit la distance, qui est de vingt-quatre kilomètres, en quarante
minutes.

Dès que l'on a quitté la gare, le paysage s'élargit et
s'éclaire, il est tout en verdure. On laisse, à gauche,
les stations de Montfavet et de Morières et l'on aperçoit, à droite, émergeant des feuillées, Montdevergues
où l'on a fait un paradis terrestre destiné, hélas! à
donner quelques illusions, — si leur esprit a quelques lueurs d'ici-bas, — aux malheureux fous enfer-
més dans cet asile, un des plus beaux de toute la
France. On traverse un tunnel : à la sortie, c'est un immense diorama, et la portière du wagon, sur ce point
élevé, devient un ravissant balcon. Tandis qu'à droite
la ligne passe aux pieds d'une colline couverte d'oliviers grêles et gris qu'un vrai provençal n'échangerait
pas contre un vallon vert de Normandie; tandis que
sur cette colline, on aperçoit, successivement incrus-
tés dans ce poudroiement des vergers, les villages de
Saint-Saturnin, de Jonquerettes et de Gadagne avec le
domaine de Font-Ségugne où quelques poètes du
midi fondèrent, il y a quarante ans, le *félibrige*, —
le regard est irrésistiblement attiré par la toile d'azur
qui se déroule de l'autre côté de la voie. Au nord,

Aqueduc de Galas.
DESSIN DE JOSEPH EYSSÉRIC

s'élèvent les dentelles de Montmirail, montagnes aux nuances de marbre, gracieusement découpées et qui semblent être le camail préparé pour le mont Ventoux qui, plus à l'est, tout à côté, se dresse avec sa masse imposante et les molles ondulations de sa croupe, gardien colossal des vastes et belles campagnes du Comtat (1). Plus près, la montagne de Vaucluse, borne la vue vers l'est, gardant sur son versant de calcaire une énorme ombre portée qui n'est autre chose que le vallon où sourd la Sorgue, c'est-à-dire la source célèbre. Puis, vers le midi, se dessine, sous la forme d'un plan coupé colossal, le point terminal du Lubéron, rameau détaché des Alpes françaises — le long duquel s'échelonnent les villages aux sombres souvenirs des massacres de 1547, les villages vaudois incendiés pour cause d'hérésie. Enfin, au-delà de la Durance, qui miroite, s'en vont vers l'Orient les Alpilles provençales, ondulées comme un horizon de mer houleuse crépitant dans une brume d'or.

Dans la vaste étendue que circonscrivent ces hauteurs, vingt villages, d'ici de là, piquent de leurs maisons blanches et de leur clocher pointu cette plaine dont l'ensemble révèle les richesses d'une terre privilégiée. Le train s'arrêtera un moment à la station du Thor, jolie petite ville justement fière de son église romano-byzantine et de ses beaux ombrages, et déposera, trois minutes après, le voyageur à L'Isle-sur-Sorgue.

L'Isle-sur-Sorgue vaut qu'on s'y arrête. Les eaux

(1) Sa hauteur précise est de 1,909 mètres; sa longueur de l'est à l'ouest, de 44 kil., sa largeur, du nord au sud, de 21 kil.

de la rivière vauclusienne l'entourent et sillonnent ses promenades et ses rues. Elles donnent à l'aimable cité sa grâce et son sourire, elles lui donnent la fortune. Si les hommes avaient encore le culte des divinités bienfaisantes, les habitants de l'Isle auraient dressé des autels à la noble source, *nobilis fons Sorgia*.

L'Isle est une ville enchantée : nulle part les prés ne

Route de Villeneuve-lès-Avignon

sont plus verts, les platanes plus beaux. Rien de plus doux, dans ce pays d'ardent soleil, que ces ombrages qui versent de leur dômes épais une fraîcheur exquise, rien de plus gai pour le regard que ces roues tournantes — utilisées par de riches industries — qui font pleuvoir, dans leur mouvement rythmique, les perles de la naïade vauclusienne.

C'est à L'Isle qu'on laisse le chemin de fer pour continuer la route en voiture. Ce second trajet se fait

en trois quarts d'heure. En sortant de l'Isle une longue avenue, le cours Salviati, tout bordé de prairies,
ne se termine qu'à la route qui mène au village de
Vaucluse et à la Fontaine. Cette route, bordée de
haies vives, domine la vallée de la Sorgue et laisse
voir, au midi, le plateau du village de Lagnes, qui fut le

Maisons sous roches, près de Vaucluse.
(Dessin d'Eysséric)

fief des Ancézune, et, au Nord, dans une région sauvage et triste où poussent, dans le roc, la lavande et le
chêne kermès, le vieux château de Saumane où vécut
le triste personnage qui s'appela le marquis de Sade.
Mais le décor change : les montagnes se sont rapprochées, elles formeraient un mur infranchissable si un
étroit vallon ne s'ouvrait dans leurs flancs. Il en sort,
limpide et verte, claire et bleue, vive et chatoyante,

irisée et changeante, joyeuse et calme, fugitive sous les blocs de rochers, caressante sur les mousses brunies, la rivière qui tout à l'heure gisait encore en son lit souterrain et qui, maintenant, chante l'allegretto de sa délivrance. On pénètre dans le vallon par l'un des arceaux d'un aqueduc — l'aqueduc de Gallas — qui a le tort d'être jeune et d'avoir à peine un demi-siècle : il attend, comme firent ses frères de la Gaule romaine la patine que le temps met aux monuments des hommes et le lichen dont la nature les revêt, pour que sa silhouette s'harmonise avec le paysage qui l'entoure, avec le beau ciel qui l'éclaire.

Ici commencent à apparaître les traces d'un étrange bouleversement géologique : les ronces poussent sous des rocs visiblement roulés du haut des montagnes. La route se rétrécit dans l'horizon borné ; puis elle s'élargit dans un décor de riantes prairies ; puis, comme un aquarelle aux tons d'or, bistrés et nimbés, rayés de rouge et de noir, apparaît soudain le village.

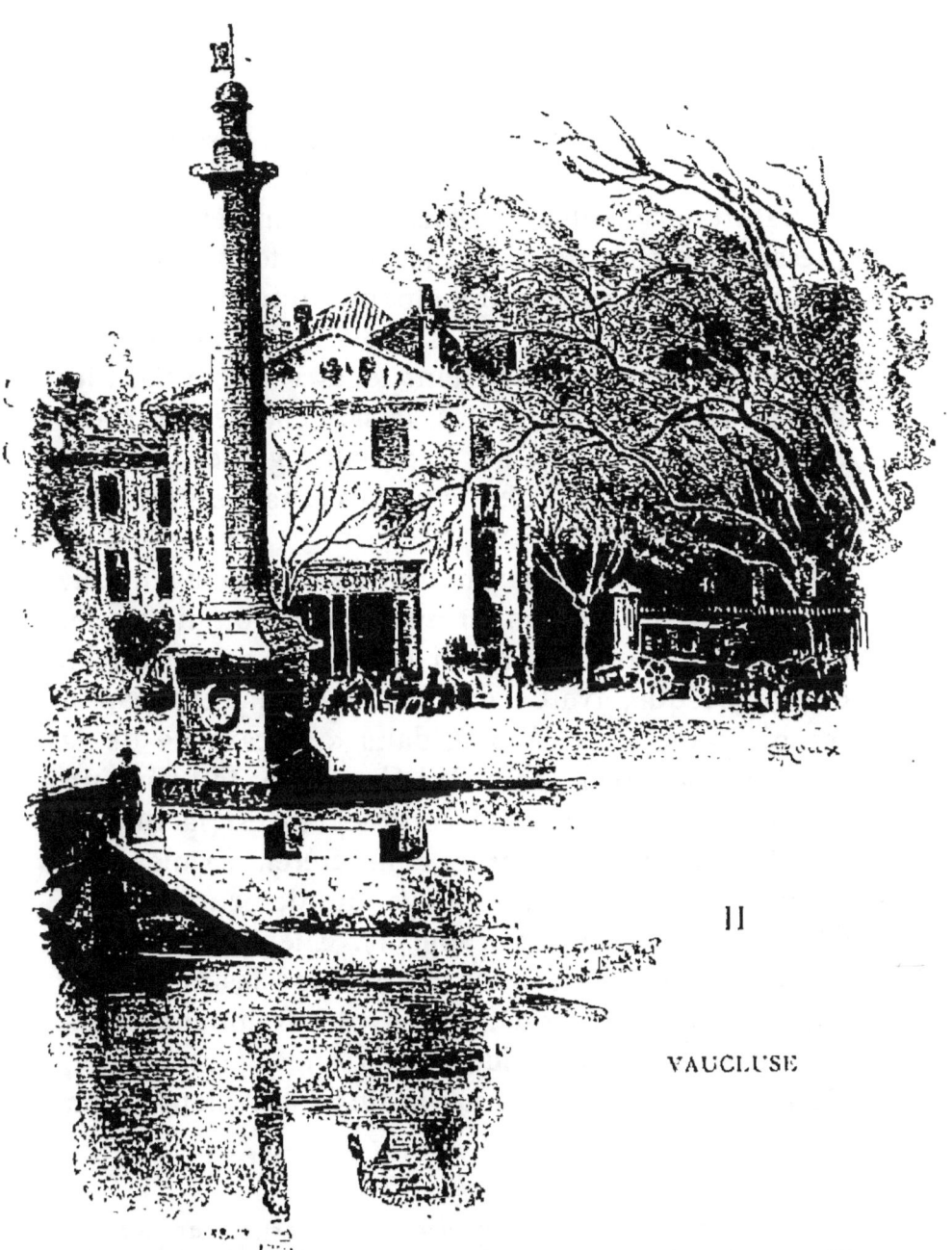

II

VAUCLUSE

C'est Vaucluse, avec ses maisons pressées les unes
contre les autres, avec sa vie et sa gaité, avec sa petite
place ombragée et coquette, ses quais de pierre retenant

les masses d'eau désordonnées, rapides, desquelles on
dirait qu'elles sont joyeuses de courir, de chanter dans
la nature ensoleillée et dans la vie universelle. Impressions et sensations délicieuses! Autour de soi, une
atmosphère de vapeur impalpable, une odeur d'eau
fraîche, un murmure, un chant, la symphonie harmonieuse des vagues battant leurs rives, frôlant les
herbes, riant sous les saules, faisant claquer les roues
des papeteries, jetant au loin leurs gerbes d'écume
et s'enfuyant comme des Nymphes échappées de leurs
demeures humides.

Le village avait déjà son antique légende avant que
Pétrarque vînt lui donner une illustration nouvelle.
C'est là que saint Véran, un anachorète du vɪᵉ siècle,
devenu évêque, avait exercé son apostolat et répandu
ses bienfaits. C'est là que, dans « la caverne de la
couleuvre » il avait, comme à Cavaillon, fait périr un
monstre qui terrorisait la contrée, et c'est là que les
populations reconnaissantes consacrèrent sa mémoire
en lui élevant l'église du village, qui demeure aujour-
d'hui encore sous son vocable (1). Elle est du xɪᵉ siècle et il est facile de reconnaître, dans les matériaux
qui ont servi à sa construction, des fragments épars
d'un monument antérieur, les vestiges, sans doute,
d'un temple que les habitants du lieu avaient, selon

(1) La petite église de Vaucluse faisait partie d'un monastère dépendant de l'abbaye de Saint-Victor de Marseille. Ele-
vée vers la fin du xɪᵉ siècle sur l'emplacement d'une église
antérieure, elle conserve de celle-ci une absidiole qui abrite un
sarcophage posé sur des bases antiques et contenant autrefois
les restes de saint Véran ». *Rapport de M. Boeswillwald à la
commission des monuments historiques. 7 décembre 1883.*

L'église de Vaucluse, vue de la place du village (dessin de Karl d'après un croquis de L. Bill)

la coutume païenne, élevé au génie des sources abondantes (1).

Au-delà du pont qui traverse la Sorgue et conduit
au vieux village, on aperçoit, creusé dans le roc,
au-dessous des maisons bâties sur ce roc même,
l'ouverture d'un large tunnel qui sert maintenant de
rue. C'est le point de départ d'un aqueduc que les
Romains avaient construit pour conduire les eaux de
la source à Arles où elles servaient, selon toute probabilité, à l'alimentation publique et aux jeux nau-
tiques des arènes. En dérivant ces eaux, les construc-
teurs de l'aqueduc avaient emprunté ce passage à la
montagne elle-même pour subir les exigences du
niveau nécessaire. Il est facile de suivre, à travers
les territoires qui séparent Vaucluse de la vieille cité
arlésienne les traces de ce monument considérable. Il
traversait la Durance à Bompas, allait côtoyer les
les Alpilles près de Saint-Rémy et irrigait probablement ces plaines de la Provence occidentale. C'est sur
cette tradition qui a, du reste, une valeur absolument
historique, que Mistral a brodé sa charmante fantaisie
de l'empereur romain et de la reine Ponsirade, amoureuse du petit porteur d'eau (2).

Du village à la source (3), le chemin vaut bien celui
de Chambéry aux Charmettes; il est moins doux mais
il a plus de grâce sauvage et piquante. C'est un chemin

(1) « Nous révérons, dit Sénèque, les sources des grandes
rivières ». Il ajoute : « les sources abondantes méritent des
autels ».

(2) Voir ci-après, aux *fragments littéraires*.

(3) On dit la fontaine, du latin *fons*, source. On a mal
traduit, mais l'usage a prévalu.

montant, caillouteux, difficile, prenant parfois l'allure
d'un sentier dangereux; en réalité, il est solide et sûr,
mais plein d'imprévu, capricieux et tel que le rêvent
les amoureux et les artistes qui viennent chercher,
dans la solitude célèbre, des souvenirs d'amour et de
poésie (1). D'un côté, c'est la base de la montagne, avec
des éboulis où poussent les genévriers et le thym ; de
l'autre, la rivière, en contre-bas, à pic, avec d'énormes
morceaux de roches revêtues de ronces et de lierres,
des églantiers plein les talus et tous les saxifrages de
la flore locale.

Après dix minutes de marche, il semble que la
montagne soit plus haute et que la clarté ambiante
soit diminuée : on pressent le lieu mystérieux. Des
ruisseaux clairs, filigranes de cristal, des sources
filiales échappées par des fissures invisibles du sein de
la source mère, courent sous vos pieds et suffisent pour
former la Sorgue, même aux époques de l'année où
la grande source, au repos, semble dormir, silencieuse, au fond de la grotte obscure et ne laisse point
bondir au dehors ses cascades blanches.

Tout à coup se dresse, comme une falaise immense,
le mur de clôture de la vallée. C'est un rocher puissant et droit, gris et noir, avec des sillons rouges
pareils à des traces de flammes volcaniques. L'abbé
Arnavon assure que Joseph Vernet a reproduit ce
géant de pierre et que son tableau était à Versailles
avant la Révolution. Nous n'avons trouvé nulle trace

(1) Le conseil général du département a voté les dépenses
d'une route qui viendrait aboutir à quelques mètres mêmes de
la source. Espérons que les protestations de tout le pays empê-
cheront la réalisation de ce projet et que ce sacrilège ne sera
pas accompli.

de cette toile du peintre des montagnes et des marines colorées. Mais, par contre, nous avons entendu raconter que le maître avait vainement lutté contre ces énormités et ces invraisemblances et que, sollicité pendant son séjour à Avignon (du 3 juillet à la fin d'octobre 1756) d'ajouter à son œuvre la vue de la Fontaine de Vaucluse, il avait renoncé à traduire cet intraduisible chef-d'œuvre de la nature (1).

C'est à la base de ce mur colossal, de ce rocher formidable, et au centre de sa largeur, que s'ouvre, en arc de cercle infléchi, la grotte au fond de laquelle est la source. Du point culminant du chemin que l'on vient de suivre en montant toujours, on descend vers cette grotte par la pente rapide qui en précède l'entrée ; pareille à un portail gothique irrégulier, grandiosement ébauché, l'ouverture du rocher laisse voir tout un intérieur d'ombre, solennel et saisissant, avec quelques traits de lumière tremblante qui glisse sur les cassures de la pierre et vient mourir contre les parois de la voûte sans obtenir un reflet des eaux impassibles, comme endormies d'un sommeil sans fin.

Nous supposons en ce moment que la source est basse, que nous sommes en été ou que les pluies ont été rares, car la source a deux aspects bien différents selon qu'elle a baissé dans son niveau ou que son niveau se relève sous l'influence des circonstances dont nous parlerons plus loin.

(1) Le catalogue des œuvres de Vernet par Ch. Blanc ne mentionne pas la *Fontaine de Vaucluse*. L'abbé Arnavon a voulu parler sans doute d'un tableau du peintre, gravé par Fortier, sous le titre d'*Une rivière coulant entre deux rochers*, dont le sujet est vraisemblablement la Sorgue près de sa source.

Un jeune écrivain dont le nom restera éternelle-ment cher aux amis des lettres, Alfred Tonnellé, par-courait le midi provençal un mois avant sa mort. Il vint à Vaucluse, et l'on a retrouvé dans les *Reliquiæ* de ce pur et noble esprit, les notes que, pèlerin pieux, il avait consignées, sur les lieux mêmes, dans son poétique carnet de voyage. Le lecteur nous saura gré de les reproduire (1) :

14 Septembre 1858.

Temps charmant, pure matinée après l'orage d'hier. Une ombre bleuâtre et fraîche couvre le flanc des petites montagnes. A sept heures à la fontaine de Vaucluse. Le petit pont. la Sorgue profonde, limpide, colorant d'un vert d'émeraude, les cailloux de son lit, et glissant sur de lon-gues herbes fraîches dont elle avive encore la verdure. Les maisons du petit village en amphithéâtre au pied du rocher. Le site n'a pas été gâté par le bruit de la vie moderne. Silence et simplicité. Des filets qui sèchent, de grandes roues de moulin qui tournent, tout humides de l'eau trans-parente. Ravissante entrée de la vallée, fraîcheur des eaux et du matin. Les grands rochers du fond, avec leurs belles teintes jaunes et rougeâtres, sont encore tout noyés dans l'ombre, et leurs replis forment un abri où la lumière ne pénètre presque que du couchant. A gauche, les rocs très élevés, percés de trous, de cavernes. A droite, sur une petite plate-forme qui se détache au-dessus du village, quelques voûtes et arceaux ruinés de ce qu'on appelle le *château de Pétrarque* (ancien château des évêques de Ca-vaillon). Débris couleur des rochers, et les couronnant d'une façon charmante. La vallée se replie encore une fois sur elle-même; c'est bien *Vallis clausa;* et se termine par un énorme mur à pic, très majestueux. Une aiguille se dresse devant l'entrée de la fontaine. Sommets très nus,

(1) Alfred Tonnellé. *Fragments sur l'art et la philosophie* Lib. Donniol, Paris, 1860, 2ᵉ édition.

L'entrée du tunnel romain
(Dessin de Karl d'après un croquis de Bill)

jaunes, sauvages, une verdure peu abondante au pied ;
mais les eaux et l'ombre suffisent pour en faire un frais et
délicieux asile. Solitude profonde. Sur les premières
pentes quelques oliviers ; plus loin, des figuiers sauvages,
quelques pins, quelques petites pyramides de sombres
cyprès, se détachant sur le roc et le lit de la Sorgue bordé
de plantes tombantes, de rochers moussus.

De toutes parts, sous les blocs de rochers, on voit sour-
dre à gros bouillons, jaillir en nappes claires, d'admirables
fontaines qui donnent immédiatement un énorme volume d'eau. Traversé parmi les sources, les blocs, pour
mieux voir ; puis revenu à travers le lit de la Sorgue, fran-
chissant les légères planches des barrages et sautant de
pierre en pierre. Je m'arrête émerveillé parmi le bouillonnement de ces eaux transparentes et pures qui sortent de
dessous mes pieds. Au fond, l'ombre et les heures fraîches
encore ; les grands rochers abritant la naissance de ces eaux
qui tout à coup viennent rafraîchir leurs pieds. Très grand
spectacle. En avant les collines s'abaissent déjà. De petites
nappes vertes et translucides sortent à la lumière et se
colorent de reflets. Tout cela, *seclusum*, tranquille ; pas
d'horizon, pas de monde extérieur. C'est bien la retraite
que Pétrarque décrit. Quelques petits jardins dérobés
comme le sien au lit de la Sorgue, *aux Nymphes*.

Considéré longtemps cette magnifique scène. Le cristal
rapide, fluide, est d'une transparence absolue. Jamais je ne
l'ai rencontré à ce degré. L'eau qui écume en sortant de
dessous les pierres, forme des bouillons d'une blancheur
éclatante. Pureté incomparable des gouttelettes de *Spray*.
Comme le *Pêcheur* de Gœthe, il semble que l'on serait
guéri, si seulement on se plongeait dans cet intarissable
courant et cette fraîcheur limpide, guéri de la fatigue et
de la chaleur du jour, guéri de toutes les langueurs, de
toutes les ardeurs mauvaises, de toutes les agitations de la
vie. O Dieu ! qui, dans les entrailles de votre terre, tenez
cachés profondément de tels trésors de pureté, qui faites
jaillir les eaux vives de l'aridité du rocher, faites passer
aussi une source d'eau vive, abondante, fécondante, forti-
fiante, dans la stérilité de ma vie ; arrosez-la d'un cou-

rant de fraîcheur vivifiante, d'un courant de fertilité.

Le rêve de la fontaine de Jouvence est facile à comprendre devant ces flots, qui portent avec eux une jeunesse éternelle à tout ce qu'ils baignent. Pourquoi n'en serait-il pas de même des membres de l'homme ?

Un peu plus haut, l'eau si abondante ici cesse tout à coup ; le lit reste vide, et laisse à découvert les gradins de rochers moussus. Ils ne sont couverts que quand la Fontaine de Vaucluse, une des sources de la Sorgue, est assez haute pour dérober son bassin. Enceinte de rochers, abri impénétrable à la chaleur comme pour garder l'entrée et l'origine mystérieuse de cette merveilleuse source. La fontaine est très basse, et c'est le vrai moment pour la voir.

Sous la base du roc s'ouvre une grotte profonde, à belles voûtes de roches, à parois de larges blocs ; immense cavité au fond de laquelle on aperçoit un petit bassin d'eau immobile, d'un vert sombre, comme rentré en lui-même (*in se ipse resedit*) : c'est la Fontaine. Il me semble qu'on va descendre dans la retraite profonde et mystérieuse où se forment les eaux de la terre, dans les réservoirs clos et cachés qui les alimentent, dans ces grands sanctuaires souterrains où se recueille la vie qui va déborder sur la nature et la vivifier.

Omnia sub magna labentia flumina terra.

Immense voûte. Impossible d'imaginer qu'à de certaines saisons la fontaine emplisse cet espace, et monte jusqu'au figuier sauvage qui pend du rocher ; peut-être cent pieds au-dessus du fond. Descendu jusqu'à la source. Grand bassin naturel de beau roc vif. Les hauts arceaux du rocher se croisent au-dessus de nos têtes, s'étendant à droite en grands enfoncements de pierres polies par les eaux. En avant, le rocher surplombe comme pour sceller l'entrée de la grotte. La lumière vive du dehors pénètre à peine, s'arrête au seuil, et s'aperçoit comme de loin. On est au bord d'un petit lac azuré qu'aucun souffle ne ride, s'enfonçant à pic à une profondeur insondable, si pur qu'à deux pas on ne voit point où l'eau finit sur le sable. Assis au bord ; calme frappant et presque sacré de ce lieu. Les eaux silencieuses, unies, dor-

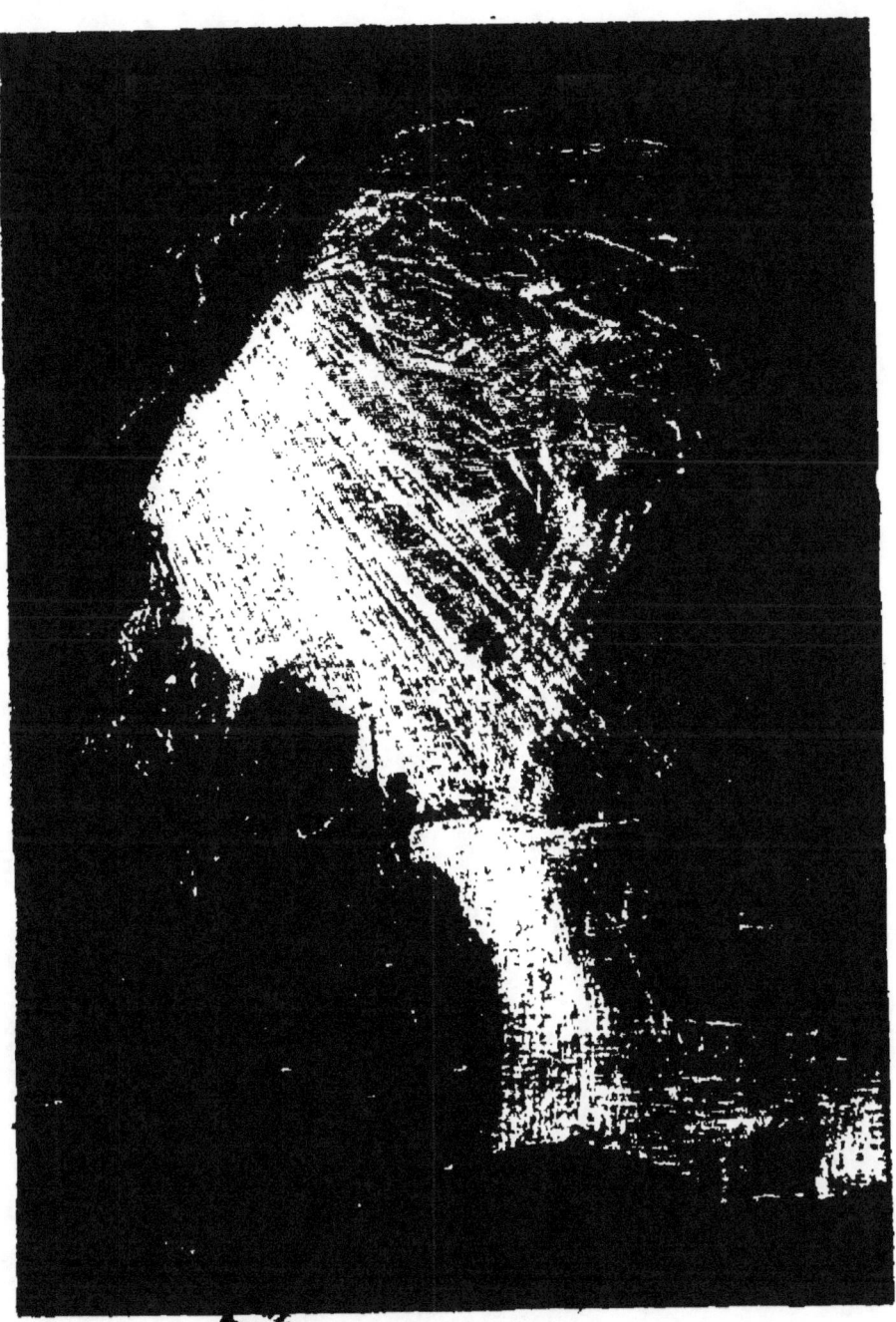

L'intérieur de la grotte

mantes qui attendent dans le demi-jour intérieur, la lumière, le mouvement, la vie. Sorte de limbes. Les eaux avant la création. *Spiritus Dei ferebatur super aquas.*

On conçoit que les anciens, frappés de respect devant de pareils lieux et d'un vague instinct de l'œuvre mystérieux de la nature, les aient révérés, et en aient fait la demeure de quelque être supérieur, heureux, tranquille dans ces retraites profondes.

A regret je vois troubler la surface de l'eau en jetant des pierres. Les pierres jetées descendent lentement, en tournoyant comme une feuille dans l'air, miroitent de reflets bleus, et, après longtemps, disparaissent à l'œil dans l'abîme humide. L'eau est agitée un moment, puis tout reprend son calme ; pas un mouvement, pas un souffle : l'immobilité absolue. Quel bien fait ce calme ! le silence interrompu seulement par un petit *chirping of birds* dans la vallée, ou le murmure lointain de la Sorgue comme venant d'un autre monde, ou par un grain de poussière qui se détache de la voûte. Resté longtemps assis sur le bord de la fontaine. Lu dans *Murray* la charmante lettre de Pétrarque sur son séjour à Vaucluse. C'est bien le lieu où chercher le rafraîchissement et la paix. Comme lui *io vo gridando pace, pace, pace !* Le siècle troublé où vivait Pétrarque.

Monté, à droite de l'enfoncement, au sommet de la grotte. Magnifique vue d'en haut sur le petit lac brillant, au fond de ces grandes parois de roc qui se referment de toutes parts sur lui. Vivacité des nuances bleues et vertes, comme des pierres précieuses.

Rentré à dix heures. Le soleil a déjà envahi assez avant la vallée. Contraste de l'éclatante lumière du Midi avec le fond enveloppé d'ombre, combien cela fait apprécier les quelques touffes de verdure et l'haleine des eaux fraîches !

Visité la maison de Pétrarque, ou son emplacement, suivant la tradition. Petit jardinet en terrasse sur un canal de la Sorgue, au pied du rocher du château dont les avancements restreignent l'espace. Dans un coin, laurier de Pétrarque ; on nous en donne des branches.

Après les jours de pluie, au printemps, en automne, lorsque les causes, que nous déterminerons dans une autre partie de ces pages, se sont produites, la physionomie de la source se transforme profondément. Hier, les eaux reposaient tranquilles au fond de la voûte obscure et ne s'échappaient que par des exutoires secondaires sur certains points de la rivière. Aujourd'hui, soulevées, gonflées, comme sous une poussée d'en bas, comme la colonne liquide d'un thermomètre colossal, elles montent en s'évasant hors du tube immense et remplissent le bassin extérieur qui précède la grotte. Ce bassin, au bas de la falaise, est devenu un lac à la surface unie et que ne ride aucun mouvement, aucun bouillonnement des eaux ; seul, le figuier légendaire, qui a poussé dans l'arc de la grotte, effleure ce miroir limpide, et de cette immobilité sereine s'élancent, à travers les blocs puissants, les nappes supérieures : c'est la Sorgue.

M. Alfred Mézières, dans son beau livre sur Pétrarque (1), a, naturellement, parlé de la fontaine de Vaucluse. Laissons-le, à son tour, dépeindre, dans une langue exquise, ce tableau qu'il a contemplé à cette époque de l'année où la Fontaine est dans toute sa force et dans toute sa beauté. Voici ce ravissant morceau littéraire :

Vaucluse mérite bien qu'on l'aime et qu'on s'y attache. J'en appelle aux voyageurs qui l'ont visité dans les premiers jours du printemps. Quelle route curieuse que celle qui y

---

(1) *Pétrarque*, étude d'après de nouveaux documents, par *Alfred Mézières*, de l'Académie Française, 1 vol. in-12, Didier, Paris, 2ᵉ édition, 1868. ALFRED MÉZIÈRES.

conduit d'Avignon... et qui, s'écartant bientôt du fleuve, gravit les hauteurs de Morières aux maisons étagées comme

La sortie du tunnel
(Dessin de Karl d'après un croquis de Paul Saïn)

celles d'un village de Grèce ou de Sicile, pour redescendre ensuite vers le Thor et vers l'Isle où les eaux de la Sorgue apportent avec la fraîcheur, une verdure aussi riante que celle de la Lombardie. Au-delà, le paysage se dessèche, mais on voit toujours se dresser devant soi, un peu à gauche, ainsi qu'une sentinelle à l'horizon, la cime aiguë du mont Ventoux, et à droite, dans le lointain, tantôt grandir et tantôt décroître les ondulations des Alpines.

Enfin la Sorgue reparaît ; elle court comme un serpent au milieu des prairies vertes et, dans un dernier détour, elle vous conduit au pied d'une roche escarpée d'où elle sort et qui, de ce côté, ferme la vallée comme un rempart de pierre. C'est Vaucluse, *vallis clausa*, le val fermé. A la racine même des rochers s'ouvre une caverne d'où jaillit la rivière qui descend aussitôt par une pente rapide bondissant avec fureur au milieu des blocs noirâtres qu'elle couvre d'une écume blanche. Dès qu'elle se repose, dès qu'elle ne rencontre plus d'obstacles, elle étend entre deux rives fleuries une nappe d'eau limpide, d'une couleur merveilleuse dont je n'ai retrouvé nulle part, ni dans les Alpes, ni dans les Pyrénées, ni en Italie, ni en Espagne, ni en Orient, les teintes douces et transparentes. Le lac de Zurich est moins pur, le lac de Côme plus bleu, la Méditerranée plus foncée, les fleuves célèbres, le Pénée, l'Alphée, l'Achéloüs, sont plus argentés ; le Styx et l'Achéron plus noirs ; l'Arno, le Tage, le Guadalquivir, le Rhône plus troubles. La Sorgue seule, d'un vert tendre à la surface et jusqu'au fond de son lit, ressemble à une plante verte qui se serait fondue en eau. C'est comme une herbe liquide qui court à travers les prés. On se rappelle, en la voyant, ces sources vives qui, sortant des rochers de la côte, viennent quelquefois verser leurs eaux d'émeraude dans les flots de la mer Egée ou de la mer Ionienne. Sur les bords, quelques arbres trop rares, mais d'un feuillage élégant, aux branches peuplées de rossignols, des pins, des cyprès, des mûriers, des saules, quelques buissons de lentisques et de troènes, des amas de plantes grimpantes et de ronces collées aux parois du rivage, mêlent des couleurs plus sombres aux teintes diaphanes de la rivière relevée encore par le cadre lumineux que lui font les prairies.

Dans un étroit espace toutes les nuances de la verdure,

depuis les plus tendres jusqu'aux plus foncées, se combinent harmonieusement pour former un paysage qui caresse l'œil et qui invite aux impressions douces. Mais la voix des eaux écumantes, le retentissement continuel de leur chute à travers les blocs accumulés, ajoutent à la scène un caractère de grandeur dont l'âme se pénètre bien plus encore, lorsque les yeux quittent le cours de la Sorgue pour se porter vers le cirque de rochers nus, qui ferme la vallée. Là tout est sévère et imposant. Au-dessus et de chaque côté de la source montent en demi-cercle d'énormes murailles d'un ton gris, quelquefois veiné de rouge, dont la partie supérieure dentelée et déchirée découpe vaguement sur l'horizon des formes de créneaux et de tourelles gothiques. Çà et là un trou béant, un nid d'aigle ou un pin suspendu entre ciel et terre, cramponné par ses racines aux flancs du rocher, marquent d'une tache noire les parois de cette forteresse naturelle. Assis au pied d'un saule, sur le gazon humide, le spectateur qui ne regarde que les parties du paysage les plus rapprochées de lui, peut n'y ressentir qu'une impression de douceur et de calme. Mais qu'il s'avance vers la source, qu'il lève ses regards sur les rochers sauvages qui la couronnent, il sera bientôt saisi par une émotion plus forte. Il comprendra le grand caractère du tableau ; il sentira qu'il a devant lui un des plus beaux sites de notre France, une merveille naturelle, comparable à nos paysages les plus grandioses, au cirque de Gavarnie, à la baie de Saint-Malo, au mont Saint-Michel. En même temps, il sera pénétré du sentiment de la solitude. En face de lui, un obstacle infranchissable qui le sépare du monde, derrière lui des montagnes arides qui semblent l'enfermer dans un cercle sans issue. C'est comme une Thébaide, c'est le lieu que choisirait un saint pour s'isoler des hommes. Nulle part on ne se croit plus loin de toute communication possible avec l'humanité.

Tels sont ces lieux si visités, si célèbres.

Par un soir d'automne, lorsqu'à l'occident le soleil va disparaître au fond des campagnes du Comtat-Venaissin, du seuil de la grotte, contemplez le tableau qui se déroule à vos regards. Au premier plan, c'est le lit abandonné où viendra s'étendre encore la Sorgue aux jours prochains des crues : un lit fait de rocs énormes, arrondis, creusés, tourmentés, débris d'un prodigieux cataclysme terrestre, et qu'une couche épaisse de mousse enveloppe. La pastourelle, petite fée des cavernes voisines, est venue s'asseoir sur cette mousse chevelue, verte et noire, et les yeux dans l'espace, elle rêve. A gauche, à droite, des aiguilles de calcaire se dressent au travers des rideaux de cyprès et de lierre; et là-bas, au fond de la vallée, où se sont formées en rivière les sources sœurs, brillent, dans leurs cadres sculptés d'ombres, les cent miroirs de la Sorgue fugitive. Plus loin, les ruines de la demeure féodale des évêques de Cavaillon, découpant leurs vives arêtes sur l'infini, se penchent sur les abîmes béants qu'elles surplombent, tandis que, plus loin encore, les premières fumées du village s'élèvent en estompe légère, obscurcissant, par intervalles, les splendeurs du couchant qui rayonne à l'extrémité de l'horizon. Le soleil descend, il disparaît. L'air, tiède encore en ces beaux jours d'octobre, fraîchit pourtant quand l'ombre commence à revêtir de ses voiles ces coteaux, ces vallons et ces plaines. Le silence, en cette solitude pleine de majestueuse grandeur, ajoute encore de la solennité à la solennité d'un si beau spectacle dans un si beau site.

Mais reportez-vous, par la pensée, au temps où cette vallée était couverte de la frondaison opaque des bois, où ces sentiers pierreux étaient tapissés d'herbes et de gazons verts, conduisant, labyrinthes obscurs, les pas de l'homme au fond de maintes retraites impéné-

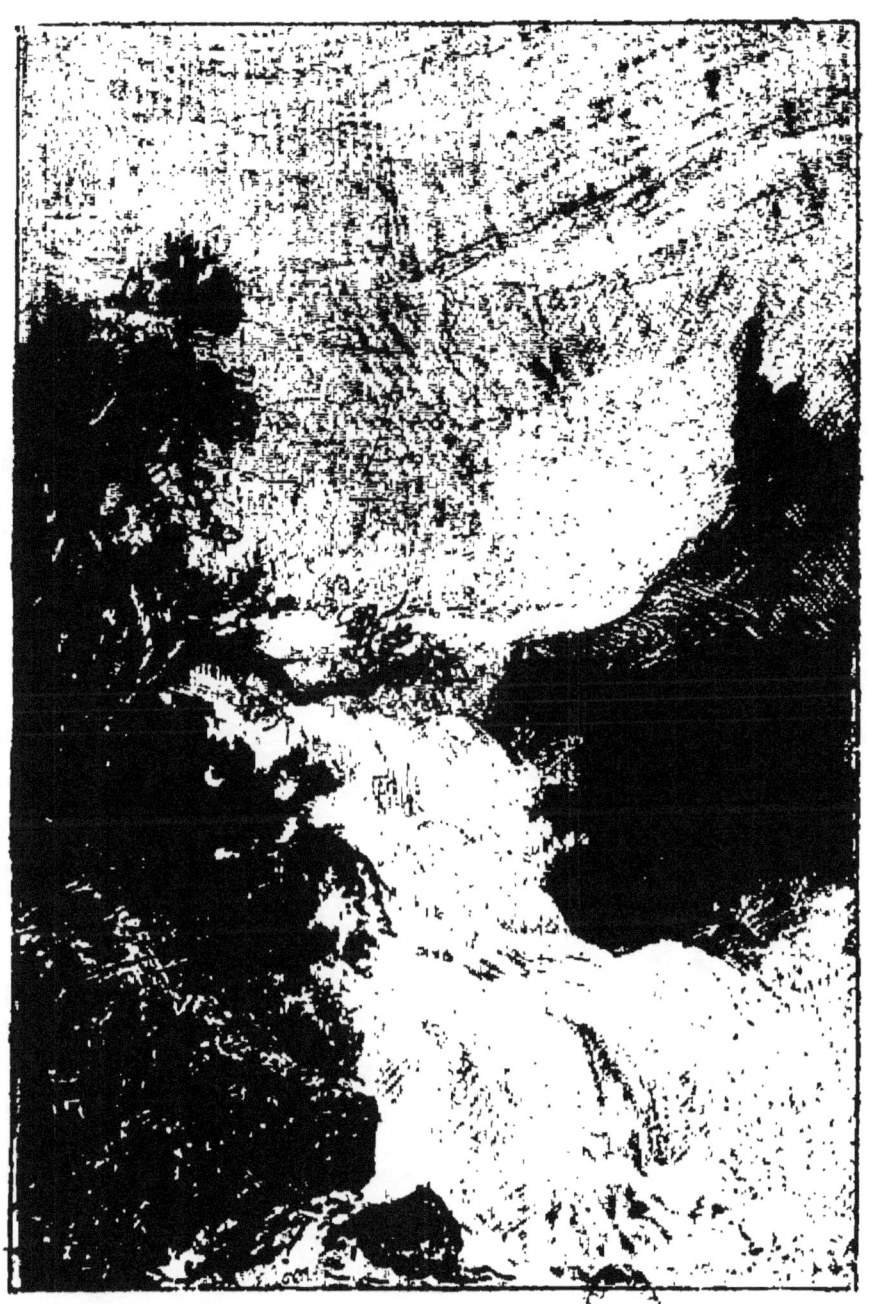

Les premières cascades.
DESSIN DE J. EYSSÉRIC

trables aux rayons du jour (*hic nemus, hic amnes,*
comme disait Pétrarque, le bois et la rivière). Re-
voyez ces montagnes, maintenant dénudées et empreintes d'une sauvage tristesse, pleines de leurs fou-
gères, de leurs forêts de chênes et de hêtres. Vous
aurez, alors, une idée exacte de ce qu'était la vallée de
Vaucluse au xive siècle, à l'époque où le grand poète y
vint pour la première fois et où, dans son grand enthousiasme, il s'écria : « Voici le séjour qu'il me faut,
et je le préférerais aux plus belles cités du monde le
jour où je serais le maître de ma destinée ! »

ARMES DE VAUCLUSE
D'azur à une truite et un ombre d'argent.

Le château de Saumane

III

PÉTRARQUE

François Pétrarque naquit à Arezzo le 20 juillet 1304, au moment où son père, exilé, fuyait Florence, victime, comme Dante, des dissentions politiques qui désolaient cette ville. Sa femme, Eletta Canigiani,

ayant obtenu de rentrer dans leur commune patrie, y
revint avec l'enfant au berceau et s'établit dans le domaine familial de l'Incisa, où le proscrit allait parfois
embrasser furtivement l'enfant et la mère. Mais l'exil
devint définitif, et, en 1313, messire Petracco amena
sa famille à Avignon, où Clément VI venait de transporter le siège pontifical. Il envoya son fils à Carpentras
pour y commencer ses études sous la direction du fameux maître toscan Convennole qui donnait, dans
cette ville, des leçons de grammaire et de rhétorique.
Plus tard, le jeune homme étudia le droit à Montpellier et à Bologne, pendant quatre ans dans la première
de ces universités, pendant trois ans dans la seconde.
Mais, s'il faut en croire Pétrarque lui-même, ce fut là
tout un temps perdu : *in eo studio septennium totum
perdidi.*

Ses goûts ne l'entraînaient pas de ce côté : il avait
la science juridique en aversion ; la poésie et les
lettres, au contraire, exerçaient sur son jeune esprit
une séduction irrésistible, un charme puissant. A ce
point que Boccace put écrire plus tard, en parlant de
son ami : « Si l'on pouvait prouver, selon l'opinion
du philosophe de Samos, que les âmes émigrent, ceux
qui connaissaient Pétrarque auraient dit que l'âme de
Virgile avait transmigré dans son corps. » Il aimait
déjà les périodes harmonieuses de Cicéron, mais il
adorait surtout les poètes latins, par dessus tout le
cygne de Mantoue.

En 1326, la mort de son père le mit aux prises avec
les réalités de la vie. Il dut quitter Bologne en compagnie de son frère Gérard, qui étudiait avec lui, et ils
revinrent ensemble à Avignon où l'un et l'autre, sans

entrer définitivement dans les ordres, prirent la tonsure. Leur mère mourut la même année. Le poète avait alors vingt-deux ans.

C'est l'année suivante, le 6 avril 1327, qu'il rencontra, pour la première fois, la femme qu'il aima et qui devait tenir une si grande place dans sa vie.

Cet amour, dès l'origine, le prit tout entier et l'amant malheureux dut demander aux voyages une diversion aux tristesses de son cœur. Sa douce ennemie, comme il l'appelle lui-même, lui étant cruelle, il s'éloigna des lieux où il souffrait et il partit; non pas dans l'espoir d'oublier, mais pour chercher des distractions, un apaisement à sa souffrance.

Dans la société élégante et mondaine d'Avignon, si vivante et si complexe, si savante et si corrompue, Pétrarque avait déjà contracté de nombreuses et vives amitiés. Mais malgré les critiques violentes dont sa vie à cette époque, a été l'objet de la part de quelques historiens, il n'est pas douteux qu'il avait choisi ses amis avec autant de sagesse que de bon goût. Parmi eux et au premier rang se trouvait Jacques Colonna, un des frères du cardinal Jean Colonna. Jacques avait été son compagnon d'études à Bologne; nommé par Jean XXII évêque de Lombez, il offrit à Pétrarque de l'amener avec lui dans les Pyrénées, et les deux amis partirent ensemble.

Le séjour de Lombez fut délicieux pour Pétrarque : il y passa un été « presque céleste », disait-il plus tard. Son amour le ramena bientôt à Avignon, mais il entreprit bientôt aussi d'autres voyages plus lointains dont les émotions ne suffirent pas pour briser la servitude de son cœur. Il visita Paris, Gand, Liège,

Aix-la-Chapelle, Cologne; il traversa les Ardennes et redescendit des Alpes à Lyon. Nous le retrouvons en 1336 à Avignon, puisque le 26 avril de cette année, il faisait avec son frère l'ascension du mont Ventoux, ascension qu'il a racontée lui-même, en mêlant à sa narration des digressions philosophiques et morales fort curieuses. Mais il est aussitôt reparti, une fois encore, et c'est vers l'Italie qu'il dirige cette fois ses pas : il y voit Rome et Florence, d'où il se rend en Espagne; il passe par Gibraltar et ne s'arrête qu'en Angleterre.

Dans ce voyageur infatigable, il y a toujours l'amant inquiet; mais il y a aussi le chercheur, le curieux, le savant passionné, avide de s'instruire.

Tout à coup cette fièvre de voyages s'apaise; Pétrarque se retire à Vaucluse (1337).

C'est là que, dans une profonde solitude, où il reçoit quelques amis illustres et les fidèles compagnons de sa jeunesse, les Colonna, Lelius, Socrate, Sennucio del Bene (1) et les visiteurs que lui attire sa réputation croissante, il écrit la plus grande partie de son *Canzoniere*, le monument immortel de son

(1) Pétrarque eut de nombreuses et grandes amitiés, pendant toute sa vie. Ses amis étaient presque tous des hommes célèbres de son temps et il forme avec eux une brillante pléiade au xive siècle. Parmi eux, il en est deux, plus particulièrement aimés, Lello et Socrate. Lello, de Stephani était d'une famille romaine et noble. Plutarque, qui l'aimait tendrement, l'appela toujours Lélius, du nom de l'ami de Scipion, par une allusion à leur amour commun de la langue et de l'histoire romaines. L'autre grand ami de la jeunesse de Pétrarque s'appelait Louis; il était né à Bois-le-Duc, près des bords du Rhin. C'était un *barbare* admirablement policé. Pétrarque l'appelait Socrate à cause de son esprit, sa bonne humeur et son esprit philosophique (Voir l'abbé de Sade, t. 1, p. 158).

Le lit à sec de la Sorgue, près de la source

DESSIN DE KARL D'APRÈS LE CROQUIS DE BILL

amour. C'est là qu'il compose ou qu'il ébauche la plus grande partie de son œuvre littéraire, ses Églogues, ses Traités de philosophie ou de morale, dont il complètera plus tard le nombre. C'est là enfin que, entretenant une correspondance considérable avec ses amis de France et d'Italie, il restera, avec de rares intervalles d'absence, jusqu'en 1353, époque à laquelle il quittera définitivement la ville des papes et les bords de la Sorgue pour se fixer en Italie. Il aura alors quarante-neuf ans.

Mais pendant qu'il avait fondé, d'une part, sa haute réputation littéraire, il s'était fait, en même temps, une grande place dans la politique de ses contemporains. Plus forte encore que sa passion pour les manuscrits anciens et pour les belles-lettres, était la passion qu'il éprouvait pour la grandeur et la gloire de sa patrie. Lorsque, en 1341, le Sénat romain lui décernait, au Capitole, la couronne de laurier, cette sorte de glorification consacrait assurément l'illustration que faisait rayonner sur son nom son génie poétique; mais les représentants de la ville de Rome n'honoraient pas moins en lui l'homme d'état que l'homme de lettres. L'autorité qui s'attachait à sa personne, il la faisait servir déjà à l'idée noble et généreuse qui fut le fond de sa vie politique : le relèvement de Rome et l'unité de l'Italie.

Selon lui, si l'Italie redevient la maîtresse du monde, l'ère barbare est close et la civilisation moderne est sauvée; et l'Italie sera la maîtresse du monde si le peuple romain peut retrouver la grandeur de ses âges héroïques. C'est là son idéal; il épuisera ses forces et sa vie à en chercher la réalisation. Les barons romains sont le principal obstacle qui s'oppose à la régénération des Romains, à la grandeur de l'Italie et par conséquent à la délivrance universelle; et parmi les barons se trouvent ses amis les plus chers, les Colonna : il prend parti contre les Colonna, pour Rienzi. Il a connu Rienzi lorsque ce dernier est venu à Avignon, en 1342, comme ambassadeur du peuple de Rome auprès du pape Clément VI. Et quand le tribun a soulevé Rome contre ses maîtres insolents, qu'il a organisé un gouvernement populaire et appelé l'Italie à son aide, Pétrarque embrasse sa cause avec un enthousiasme ardent. Il exhale en vers de feu sa joie, son ivresse patriotique et il s'adresse aux Romains eux-mêmes en un manifeste triomphal qui pourrait être cité comme un document des plus curieux de la littérature politique, de l'éloquence révolutionnaire (1347).

Dix ans auparavant il avait espéré d'un roi, Robert d'Anjou, la fin des dissentions civiles dans la Péninsule. Aujourd'hui il met son espérance dans le plébéien Rienzi. Lorsque celui-ci sera vaincu et mort, c'est à l'empereur d'Allemagne qu'il demandera de sauver sa patrie, et à Charles IV passant les monts, il criera : « Tu as arraché de mon cœur les angoisses, tu es le roi du monde, l'empereur des Romains, viens ! »

Qu'importe l'instrument, pour lui, le but est tout; et ce fut là son rêve, sa pensée unique et permanente, telle qu'il l'avait exprimée, dans sa jeunesse, lorsqu'il s'indignait déjà de la présence des étrangers sur le sol de l'Italie et que, pleurant sur les malheurs de sa patrie, il la comparait à une mère chérie que son fils voit de loin ballotée par les flots.

Mais Rienzi avait succombé, comme un chef qui avait trahi la confiance et l'espoir de ses soldats ; Charles IV n'avait été qu'un prince vil et sans courage ; Venise et Gênes se déchiraient entre elles, grâce à l'orgueil de leurs doges ; les républiques continuaient d'appeler à leur aide les Français, les Espagnols, les Grecs ; et les papes s'obstinaient à ne pas quitter Avignon.

Les papes, il les a vainement sollicités de revenir à Rome où la volonté divine, leur devoir, leur honneur, selon lui, les rappelle. Il les hait parce qu'ils ont abandonné la ville éternelle, la ville de saint Pierre et, qu'à ses yeux, ils sont les pires hérétiques. Comme Dante, il les mettrait volontiers dans l'Enfer avec un écriteau infamant. Il se plaît à étaler, avec une extraordinaire profusion d'images la corruption des cardinaux français, leurs vices, leurs débauches. Il proteste contre l'édification du palais colossal que, pour bien marquer leur intention d'y perpétuer leur siège, les souverains pontifes se bâtissent à Avignon, qu'il appelle Babylone par allusion à l'exil de la papauté, par allusion aussi aux mœurs des habitants de cette ville.

Vainement, Clément VI le comble de bienfaits ; il l'accuse, il le couvre de ridicule dans ses *Églogues*. À l'avènement d'Innocent VI, il refuse de lui être présenté et repousse le poste de secrétaire apostolique qui lui est offert. Quand Urbain V est élevé au pontificat, Pétrarque espère ; il connaît ses vertus et il est persuadé qu'un si loyal représentant du Christ ne prolongera pas le scandale de ses prédécesseurs, qui ont renié Rome. C'est à lui qu'il adresse la lettre célèbre si souvent citée : « *Cùm ad tribunal Christi*... Lorsque tu seras venu devant le tribunal du Christ, ne penses-tu pas qu'il te dira : tu étais pauvre, je t'ai pris à terre. je t'ai fais sortir de ton humilité; non seulement je t'ai placé à côté des princes, mais au-dessus des princes; j'ai voulu qu'ils fussent prosternés à tes genoux et à tes pieds. Et toi, où as-tu laissé cette Église que je t'avais confiée? Toi que j'ai comblé de tant de présents particuliers, que m'as-tu donné en échange de plus que les autres? Tu t'es assis sur la roche d'Avignon et tu as oublié la roche Tarpéienne » (1).

Pétrarque apprend, à Venise, qu'Urbain est parti pour Rome. Il lui écrit aussitôt, il le félicite, il le remercie au nom de l'Italie. Il promet à son vieil ami Philippe de Cabassole d'aller saluer le pontife et de tomber à ses pieds. L'arrivée d'Urbain à Rome le console de toutes ses douleurs; c'est la revanche de la défaite de Rienzi et de la lâcheté de l'empereur.

Mais cette joie ne devait pas durer, les espérances de Pétrarque allaient être encore une fois déçues : Urbain revenait précipitamment à Avignon, où il mourait quelques mois après (décembre 1370).

La vie de Pétrarque n'avait plus dès lors son but suprême. Il avait vieilli, il n'espérait plus, il se contentait de se survivre Un grand affaissement s'était produit dans sa pensée. Ses amis n'étaient plus. Philippe de Cabassole, à son tour, avait rejoint dans la mort Azon de Corrèze, Sennucio del Bene, Simonide, Barbate de Sulmone, Accurse, depuis longtemps dis-

---

(1) A. Mézières, p. 300.

parus. Il n'y avait plus pour l'âme du poète et du patriote que l'amertume du présent, si triste. La faiblesse de son corps ne lui permettait plus ces travaux de la pensée qui lui étaient si chers; il se débattait contre la maladie et les médecins, n'attendant plus que la mort (1).

Sa vie intime avait été attristée par les dérèglements d'un fils, Jean, qu'il avait eu de ses amours buissonnières, à Avignon, en 1337. Plus tard, quand le jeune homme se fût amendé et que, repentant, il avait vu se rouvrir les bras paternels, sa mort, en 1361, fut pour Pétrarque un deuil dont il souffrit cruellement encore.

Il n'eut, au contraire, que des joies dans sa fille Françoise, dont la grâce et la vertu firent le bonheur de son époux François de Brossano, ce gendre de prédilection, qui paraît avoir été pour Pétrarque le consolateur de sa vieillesse. On a conservé les vers touchants que lui inspira la perte de son petit-fils : « François fut mon père, Françoise fut ma mère, fait-il dire à l'enfant mort au berceau ; à leur exemple, je pris le même nom sous l'eau du baptème ; brillant de beauté, je fus le charme de mes parents, aujourd'hui je suis leur douleur ; c'est la seule pensée qui trouble ma destinée si douce, car j'ai sans efforts acquis les joies de la vie véritable et sans fin... Venise me donna au monde, Pavie m'en arracha; je ne me plains point. C'est ici que la terre devait me rendre au ciel ! »

On ne peut pas ne pas constater dans le caractère Pétrarque cet extraordinaire besoin de mouvement,

(1) Il aimait à citer en plaisantant l'épitaphe d'Adrien : *turbâ medicorum perii.*

de locomotion, comme on dirait aujourd'hui, qui le
fit se déplacer si souvent et tant de fois changer de
demeure. Indépendamment des pérégrinations de sa
jeunesse, que de voyages il fit d'Avignon et de Vaucluse en Italie ! Et en Italie, que de séjours divers :
Parme, Vérone, Milan, Pavie, Venise, Padoue ! Nul
ne voyagea plus que lui dans son temps. Il avoue lui-
même quelque part, lorsqu'il a vieilli, cet esprit de
mobilité ; et comme s'il voulait aller au-devant d'un
reproche, il essaye d'excuser sa manie du changement :
« C'est le désir insatiable de tout voir et de tout savoir qui m'a fait, de bonne heure, courir le monde.
Je pensais, comme Homère, qu'on ne dissipe son
ignorance qu'à force de remuer son corps et son esprit.
Je reconnais que cette fureur de voyages s'est amortie
avec l'âge et maintenant je cherche le repos ; mais où
est le repos ? Je suis comme un homme couché dans
un lit bien dur, qui change souvent de place pour se
soulager, quoiqu'il n'en trouve pas de bonne. Fatigué
d'habiter un pays, je vais dans un autre où je ne me
trouve pas mieux. Mais la nouveauté me le fait trouver plus supportable jusqu'à ce que je le quitte pour
aller habiter ailleurs. »

La véritable raison de sa mobilité, Pétrarque ne la
devinait pas ; elle était en dehors de lui, indépendante
de lui. Esprit lumineux et généreux, il vivait au milieu d'un siècle maladif et sombre, d'une époque
étrange et tourmentée, possédé qu'il était d'aspirations
vagues, très supérieur à ses contemporains, témoin
attristé des misères et des crimes de son temps, envi-
ronné d'ignorances et d'obscurités.

Cela ne suffit-il pas à expliquer son malaise, son

inquiétude, ses continuels déplacements, les « remue-
ments » de son esprit et de son corps ?

C'est par là aussi qu'il faut expliquer sans doute le
caractère à la fois idéal, ardent et perpétuel de l'amour
que lui inspira une femme supérieure. Avec nos idées
et nos mœurs, cet amour, à nos yeux, demeure un pro-
dige. Mais si nous remontons au-delà de notre siècle
moqueur et railleur, au-delà du xviiie siècle, scep-
tique et frivole, au-delà des xviie et xvie siècles où
l'amour n'est, sauf quelques exceptions, qu'une galanterie de convention, nous comprendrons plus facilement le noble et pur sentiment de Pétrarque. Le
poète est presque contemporain des temps de la che-
valerie et son grand cœur, oppressé par la barbarie
qui l'entoure, s'enfuit et se réfugie dans cette passion
dont, avec notre conception moderne, nous sommes
portés à faire une légende mystique.

C'est dans les environs de Padoue, au village d'Arqua, que s'écoulèrent ses dernières années. Il s'y était
fait bâtir une petite maison entourée d'oliviers et de
vignes, qui devait lui rappeler les environs de Vaucluse. C'est dans cette maison qu'il mourut, le 18 juillet 1374 (1). Sa mort eut un retentissement immense,
et François de Carrare, duc de Padoue, en lui faisant
des funérailles grandioses, exprima bien le deuil de
l'Italie, qui venait de perdre un de ses plus illustres
enfants, un de ses plus grands citoyens.

Boccace, qui fut un de ses amis les plus chers, nous
a laissé son portrait : « Sa stature est élevée, son

_____

(1) Fu trovato morto nella sua biblioteca, col capo reclinato
opera un libro aperto (*Ugo Foscolo*, traduction italienne
Ugoni).

extérieur beau, sa figure ovale, majestueuse ; et quoique son teint ne soit pas blanc, il n'est pas non plus brun, mais mêlé d'une certaine fuscosité qui convient au sexe mâle. Son air est sérieux, jamais accompagné de ricanement ; son regard souriant et vif, sa démarche calme ; ses mouvements sont lents et gracieux. Il parle peu, seulement quand on l'interroge ; alors, il répond avec franchise par des paroles pleines de sens et de gravité : tellement qu'il séduit et attire à lui les plus ignorants, les captive sans les fatiguer... Chez lui, rien d'ambigu ni d'obscur ; tout se présente à son esprit d'une façon nette, lucide, évidente. Si je dis vrai ses actes le prouvent et j'estime qu'il doit être réputé dans l'avenir comme une intelligence plutôt divine qu'humaine... Sobre pour le boire et le manger, n'ayant jamais usé que des mets les plus vulgaires, il a conservé la pureté des sens... Il se délecte dans la musique, aimant beaucoup les joueurs d'instruments et les chanteurs : et se récrée non seulement au chant des hommes, mais encore à celui des oiseaux... (1). »

« C'était un homme, dit à son tour Muratori, à qui la nature avait départi des dons incomparables et l'étude des lettres de plus merveilleux encore... Sa physionomie, tout à la fois imposante et gracieuse, lui gagnait, au premier aspect, la vénération et l'amour de tout le monde... Ambitieux de la gloire, il ne la recherchait point avec affectation et la laissait marcher à sa suite. Il sacrifia sans peine à la jouissance

(1) *Document historique de Boccace sur Pétrarque*, traduit par M. LE MARQUIS DE VALORI. *Avignon* 1851.

FRÁNCESCO PETRÁRCA

du repos et de la liberté qu'il préférait à tout, d'éminentes dignités qui venaient à lui... Il était infatigable au travail et doué d'une mémoire prodigieuse qui, de tous les souvenirs, ne laissait échapper que celui des injures. On peut dire que son génie fut admirable et que l'application constante avec laquelle il le cultiva le rendit l'homme le plus remarquable et le plus savant de son époque... ». — « Personne, dit encore Muratori, n'a reçu tant d'honneurs et ne s'est fait autant d'adorateurs que lui (1) ».

En France, on connaît peu l'œuvre si considérable de Pétrarque. A peine y a-t-on lu ses poésies en « langue vulgaire » ses poésies italiennes, ses *rime* : le *Canzoniere* et *les Triomphes*. Ces poésies, qui ont immortalisé son amour comme un des plus merveilleux documents du cœur humain et qui ont fait de lui un des plus grands poètes de l'Italie, ne forment qu'une petite partie de ses productions. Celles-ci sont écrites en prose latine et en vers latins. Une étude, même restreinte de l'ensemble de ses travaux ne peut entrer

(1) MURATORI, un des écrivains italiens les plus célèbres du XVIIIᵉ siècle, a écrit une vie de Pétrarque. Citons parmi les autres écrivains de son pays qui se sont occupés du grand poète, l'Aretin, Verger, Villani, Squarzafichi, Velutello, Gesualdo, Beccadelli, Baldeli, Thomasini, l'auteur de *Petrarca recidivivus*, l'abbé Bandini, etc. Dans les modernes : D. Rosseti, *Milan* 1829 et Fracassetti, *Florence* 1859-1863. Pétrarque a passionné bien des écrivains et les « pétrarchistes » sont innombrables. Pour donner une idée de la quantité des études critiques qui ont été écrites sur le grand italien, des travaux « pétrarquesques » qui existent ou ont existé, signalons, après M. Mézières : « les 800 ouvrages relatifs à Pétrarque... que le professeur Marsand, de Padoue, avait recueillis à grand frais et avec passion, et que le roi Charles X acquit en 1829, » pour la Bibliothèque du Louvre.
La reine Christine disait de Pétrarque : *Grandissimo filosofo, grandissimo inamorato, grandissimo poeta.*

dans notre cadre. Disons seulement qu'avec ce que nous appelerons son œuvre vécue, c'est-à-dire ses actes, ses missions accomplies, ses efforts et ses luttes, son œuvre écrite a contribué à faire de Pétrarque « la plus grande figure du xive siècle, le représentant des idées politiques les plus hardies qui s'y soient agitées, aussi bien que le restaurateur des lettres et le chef admiré d'une génération de poètes, de latinistes, de savants. » C'est M. Mézières qui parle ainsi.

Il dit encore : « Pétrarque a vulgarisé le premier une incroyable quantité d'idées et de faits empruntés aux textes classiques. On est émerveillé de tout ce qu'à lui seul il a pu apprendre à ses contemporains. Dans presque tous les ordres des connaissances humaines, il a restitué à l'humanité des notions perdues ou oubliées... » Et ailleurs, après avoir analysé la valeur intellectuelle de Pétrarque comme il a analysé le sentiment qui ont rempli son cœur : « ... Si l'on comparait, comme on le fait quelquefois, la découverte de l'antiquité à celle du nouveau monde, on pourrait dire que Cosme de Médicis n'en a été que l'Améric Vespuce, mais que Pétrarque en fut avant lui le Cristophe Colomb (1). »

« Pétrarque, dit Victor Hugo (2), est une lumière de son temps, et c'est une belle chose qu'une lumière qui vient de l'amour. Il aima une femme et il charma le monde. Pétrarque est une sorte de Platon de la poésie. Il a ce qu'on pourrait appeler la subtilité du cœur et en même temps la profondeur de l'esprit. Cet

(1) G. MÉZIÈRES, préface et pages 350 et 374.
(2) *Actes et paroles. Depuis l'Exil.* Ed. Calman Lévy, 1876, p. 247. Lettre à M. Jean Saint-Martin.

amant est un penseur, ce penseur est un philosophe. Pétrarque, en somme, est une âme éclatante... »

Lamartine l'appelle le père de toute poésie moderne et Châteaubriand exalte en lui l'enthousiasme, la foi ardente du patriote pleurant sur les plaies mortelles de sa patrie, créant pour elle des chants sublimes d'espérance et de liberté.

Le lieu qui fut habité par un tel homme ; le lieu où cet homme d'un génie universel passa de longues années dans la retraite et la méditation ; le lieu où sont nés d'immortels poèmes et de si nobles œuvres et d'où, il y a cinq siècles, partait ce rayon de lumière qui éclaira le monde nouveau, — ce lieu ne vaut-il pas que l'humanité tout entière connaisse son nom, et que les fervents des gloires pures viennent y accomplir un pieux pélerinage ?

Le sentier sur la rive droite

IV

LAURE ET PÉTRARQUE

Du vivant même de Pétrarque, sa grande aventure amoureuse avait été transformée en un roman d'imagination. Ce sont ses contemporains qui commencèrent de faire de sa maîtresse un être symbolique ou simplement fictif. Boccace, dans l'essai biographique

qu'il consacrait à son ami (1), écrivait que ce dernier
n'avait voulu que chanter le laurier poétique qu'il
devait conquérir un jour. Cette affirmation tombe
d'elle-même puisque le poète, couronné au Capitole
en 1341, continua de chanter Laure pendant de
longues années après cette date. C'était, du reste, le
Boccace devenu dévot, ennemi du passé profane, qui
parlait ainsi, pensant complaire à Pétrarque vieilli et
tout absorbé, lui aussi, dans les méditations religieuses des derniers jours.

Il est facile de comprendre comment cette version
d'un amour allégorique fut vite généralisée et devint
dominante. C'est à Avignon que Pétrarque avait aimé,
c'est en Italie que s'achevait sa vie. On était loin, bien
loin du théâtre de cette passion ; l'homme était devenu
un vieillard, la femme était morte depuis longtemps.
Il n'y avait plus entre l'Italie et Avignon les rapports
qui les avaient unis tant que les papes demeurèrent sur
les bords du Rhône. Dans ces conditions, la chronique vivante, sur l'épisode amoureux, dut facilement
prendre fin. De sorte que les lettrés de l'autre côté des
Alpes, qui lisaient le *Canzoniere* dans les rares manuscrits du temps, se préoccupèrent sans doute beaucoup
plus de l'œuvre littéraire en elle-même, que du sens
réel caché sous les voiles de cette poésie harmonieuse.

D'autre part, cette même chronique parlée, celle
des salons primitifs d'Avignon, n'avait pas dû survivre à la dispersion de la société raffinée, frivole,
hétérogène de la cité papale, après le départ des pontifes, au milieu surtout des événements de cette

(1) Document historique de Boccace sur Pétrarque.

époque tourmentée. On avait dû parler si peu, d'ailleurs, de l'honneste dame! Elle avait, en passant, reçu le trait de lumière, le rayon de gloire que jeta sur elle la splendide poésie de son adorateur; mais il semble à tous qu'elle ait voulu fuir ces hommages, heureuse de rester obscure et de vivre loin du bruit et de la renommée, n'acceptant de ces hommages, dont on l'entourait à cause de son rang dans le monde et de sa beauté, que ce qu'elle n'en pouvait refuser. Le temps avait coulé et maintenant la très haute, très noble et très puissante dame, au fond d'un modeste caveau, dans la froide et silencieuse chapelle d'une petite église d'Avignon, n'était plus qu'une poignée de cendre.

Au xve siècle, il s'était formé une école de commentateurs italiens qui ne voulaient pas accepter que le texte brûlant du *Canzoniere* pût être l'expression d'un amour réellement vécu. Les *lettres familières* n'étaient pas toutes connues et quand ils lisaient, dans celles que l'on avait déjà publiées, quelque allusion à son tourment d'amour (1), ils s'imaginaient que c'étaient là des sujets de littérature joliment traités par un latiniste habile. « Il peignit, écrivait plus tard, en 1550, le cardinal Bellarmin en parlant du grand amoureux, il peignit légèrement, dans des vers très élégants, son amour vrai ou feint pour Laure, dans le but d'avoir un sujet d'exercer sa muse. » Telle était encore, au xvie siècle, l'opinion courante.

Cependant, les pétrarchistes avaient fini par se

(1) *Amore acerrimo sed unico et honesto in adolescentiä laboravi* (Ep. à la postérité). — *Tibi pallor, tibi labor meus notus est* (Lettre à Jacques Colonna).

demander s'il était possible que leur auteur n'eût
rien éprouvé de la douleur qu'il exprimait en vers si
passionnés, s'il était possible qu'il eût profané ce
noble sentiment de l'amour au point de n'exprimer,
dans des formes si touchantes, que le mensonge de
l'amour. Et ils n'admettaient pas que l'homme dont
ils honoraient la mémoire eût pu commettre, en en
prolongeant la durée pendant toute sa vie, une super-
cherie littéraire si rappetissante pour son caractère et
pour sa réputation d'homme de cœur.

C'est alors que l'on vit l'un d'eux, Velutello, de
Lucques, faire deux fois le voyage d'Avignon pour essayer de trouver les traces de Laure, son véritable nom,
le lieu de sa naissance. Velutello n'était pourtant point
un enthousiaste, c'était un critique. Ses recherches
furent incomplètes, maladroites. Mais, ne voulant pas
retourner en Italie sans rapporter au moins des appa-
rences de résultats, il crut pouvoir affirmer, sur la foi
des renseignements les moins sérieux, les plus sus-
pects, que Laure était une fille d'Henri Chiabau, seigneur de Cabrières, village situé tout près de Vaucluse, et qu'elle était née dans ce village, en 1314.

Suarez, évêque de Vaison, écrira en 1647 à Philippe
Thomasini, évêque de Cittanova, que Laure était née à
Avignon, dans la famille de Sade ; et d'après Boldelli,
ce même Thomasini dira avoir vu chez le cardinal Barberini un portrait de Laure qui avait été donné à ce dernier par un Richard de Sade et au bas duquel on lisait :
Laura Sada avenionensis, Petrarchæ musâ celebris (1).

---

(1) *Essai sur la vie de Pétrarque*, par M. A. du Laurens,
Avignon 1839. Cet auteur prétend que Laure était née de Sade
et qu'elle avait épousé un de ses parents du même nom.

Mais précédemment, en 1553, il s'était déjà produit un événement plein d'intérêt. Nous voulons parler de la découverte des restes de Laure par le pétrarchiste lyonnais, Maurice de Scève, découverte accompagnée de circonstances qui avaient jeté une vive lumière sur la question et desquelles M. Gustave Bayle, un infatigable et clairvoyant chercheur, dans ses savantes études, a tiré les conclusions les plus décisives tant sur la personnalité de Laure que sur le lien qui l'unissait à la personnalité de Pétrarque (1). Le sonnet de Louis, trouvé dans le caveau, de Louis, cet ami que Pétrarque appelait Socrate, était, en effet, toute une révélation. C'était bien la femme dont les cendres étaient là que le poète avait aimé.

Pétrarque avait volontairement laissé dans l'ombre le nom de famille de sa maîtresse; on sait, par lui-même, qu'il jeta un jour au feu un millier de lettres et de pièces de vers qui, si elles eussent été conservées, eussent peut-être donné le mot de ce secret qui devint une énigme historique. Nous venons de dire comment, à travers le temps, ce secret transpirait peu à peu, et comment le voile tombait petit à petit du front de l'idole.

C'est à un membre de la famille de Sade, à un descendant de Laure, l'abbé de Sade, que devait revenir l'honneur de faire entrer définitivement dans la pleine lumière de l'histoire cette figure, si gracieuse et si touchante, que la légende avait si longtemps retenue dans ses nimbes. Les *Mémoires pour la vie de Pétrar-*

---

(1) *Études sur Laure*, par M. GUSTAVE BAYLE, dans le *Bulletin historique et archéologique du département de Vaucluse*. Années 1880, 1881 et 1882. Avignon, Seguin frères.

que, publiés à Avignon, quoi qu'ils portent la désigna-
tion d'Amsterdam, et qui parurent de 1764 à 1767 (1),
ont clos le débat; et depuis, personne n'a pu en contre-
dire sérieusement les témoignages et les preuves (2).
Les savantes dissertations de M. Gustave Bayle ont,
récemment, confirmé et corroboré ces mémoires au
moyen de nouveaux et irrécusables documents, et il
ne reste plus aujourd'hui, la moindre obscurité, sur
l'état civil de cette femme illustre.

Elle naquit à Avignon en 1310. Elle était fille
d'Audibert de Noves et d'Ermessende de Réal et elle
épousa, en 1325, Hugues de Sade, troisième fils de
Paul et de dame Augieri Blanchi. Paul était lui-même
le second fils de Hugues, premier de nom, et de Ray-
monde Garnier.

C'est le 6 avril 1327 que Pétrarque la vit pour la
première fois, à l'église des religieuses de sainte Claire,
à Avignon : *mille trecento vintisette appunto sull'ora
prima, il di sesto d'aprile* (3).

Ce jour était le vendredi de la semaine sainte.

> *Era il giorno che al sol si scoloraro*
> *Per la pieta di suo fattore i rai,*
> *Quand' i fui preso...* (4)

(1) *Mémoires pour la vie de François Pétrarque, tirés de
ses œuvres et des auteurs contemporains, avec des notes ou
dissertations et les pièces justificatives. Amsterdam 1764-
1767*, 3 vol. L'ouvrage est d'une remarquable érudition.

(2) On ne comprend pas comment, après la publication de
ces mémoires, un écrivain italien, Fracassetti, a pu soutenir à
son tour la thèse de l'amour allégorique.

(3) Sonnet 176.

(4) C'était le jour où le soleil pâlit et décolora ses rayons par
compassion pour le supplice de son créateur, ô femme, quand
je fus pris par ces beaux yeux qui m'enchaînèrent à jamais....
(Sonnet 3).

Dès ce moment, elle devint l'objet de son culte.

C'est un drame palpitant qui va se dérouler, pendant de longues années, dans la vie du poète. Il avait alors vingt-trois ans, elle en avait dix-sept.

On peut suivre dans son œuvre, sous les obscurités volontaires dont il les enveloppe, les impressions de son cœur. En son *Canzoniere*, qu'on doit rapprocher de certains passages épars de ses lettres familières, de ses colloques, de ses confessions, de ses triomphes, on retrouve aisément cette histoire d'amour dans ses phases successives; et sous les allusions, sous les fictions, apparaissent visiblement les détails les plus positifs, les plus navrants, de sa longue souffrance.

Laure était la femme d'un autre. « A l'austère devoir pieusement fidèle, » comme dit Arvers dans le sonnet célèbre, elle ne consentit pas à se donner deux fois. On a quelques raisons de soupçonner qu'elle eut peu de joies au foyer domestique; mais elle fut une de celles qui ont du devoir une conception rigide et implacablement étroite : elle laissa souffrir son amant au lieu de consentir à lui donner un bonheur qu'elle ne pouvait partager. Il faut lui pardonner ses rigueurs pour les beaux vers que ces rigueurs nous ont valus, car il est probable que l'ivresse de la possession ne lui eût pas inspiré des chants aussi profondément humains, aussi touchants et aussi vrais que le sont ceux de son martyre, qui ont fait de lui le plus grand poète de l'amour.

Aux premiers temps, quand il espérait, son cœur exhalait l'espérance : « Bénis soient le jour, le mois, l'année, béni soit le pays, le temps, l'heure et le moment où je fus enchaîné par ces beaux yeux! »

5

Mais tout de suite la plaie de son cœur s'était faite profonde et son tourment avait commencé. Tout de suite étaient venues les plus cuisantes épreuves. J'ai souffert, dit-il, dans son Épitre à la postérité, d'un amour très violent. Mais, ajoutera-t-il, unique et pur, *honestum*. On sait que tous les amants parlent ainsi de leur passion.

Voyons comment Pétrarque a commenté cette expression usuelle : « Pourquoi, écrivait-il à son ami » Jacques Colonna, crois-tu que je me sois forgé ce » nom de Laure dans mon imagination, et cela dans » le but unique de faire parler de moi ? Pourquoi » crois-tu que Laure n'est que le laurier poétique, » objet de mon ambition et de mes labeurs ? Pour- » quoi crois-tu que j'ai inventé la femme que je » chante, que mes vers sont un mensonge, ainsi » que mes soupirs ? Plut au ciel que tout cela fût une » feinte et non une fureur ! (*furor*). Crois-moi, mon » ami, on ne feint pas si longtemps, mais on souffre » si longtemps ; se donner tant de peines pour » paraître fou ? Mais ce serait de la démence. Un » homme bien portant peut simuler la maladie par » des gestes, mais la pâleur, peut-on la simuler ? Or, » tu connais ma pâleur et tu sais combien je souffre... » N'insulte pas à mon mal par tes plaisanteries... » (1) Et c'est lui qui raconte que l'ennui, la tristesse, l'accompagnent partout, que toute pensée fait place, en lui, au souci qui le dévore. L'image de Laure lui apparaît en rêve et l'obsède sans cesse, dans ses voyages, dans

(1) Lettres familières. t. II, lett. 9. Il avait écrit au même Jacques Colonna : « une femme illustre en son pays par ses » vertus et par sa race, a pris mon cœur. » T. I, lett. 7.

ses études, dans sa retraite, dans la société. Ses yeux se mouillent de larmes subites, sa voix est éteinte, ses propos sont incohérents, et il n'a plus même de repos dans son sommeil. Ce tableau est de lui. C'est de cette époque qu'il parlera, plus tard à son confesseur mystique, saint Augustin : « J'aimai l'âme, mais j'aimai le corps aussi ». Que deviennent, devant ces preuves, les affirmations de ceux qui veulent absolument que Pétrarque ait brûlé pour une idéalité quelconque? C'est nier la chaleur devant un foyer ardent.

Ce fut alors que commença cette longue série de voyages, dont Pétrarque a lui-même donné les motifs : son désir de se distraire, de donner une diversion à son cœur, de mettre des intervalles dans la lutte qu'il soutenait contre l'impassible réserve de Laure. Peut-être même, étaient-ce les conseils de celle-ci qu'il suivait en s'éloignant d'Avignon, car si elle s'obstina à ne lui rien céder, il n'est pas douteux qu'elle ait eu pour lui plus de pitié que de dédain. Le voyage à Lombez, fut la première de ces absences.

Il en revint plus épris, plus passionné. « J'allai vainement, dit-il, à la recherche de ma liberté, mais mon cœur demeurait en servitude ». Chaque fois qu'il revenait à Avignon, il avait l'occasion de marquer son désespoir toujours ravivé, justifié par l'attitude de sa maîtresse inflexible.

C'est à cette époque qu'il faut placer ce que nous appellerons quelques rémissions de sa passion dominante, cette infidélité furtive, dont il semble que Pétrarque ait eu honte, car il la dissimulait avec un soin extrême, quoiqu'elle s'expliquât suffisamment par son tempérament, son âge, et le milieu dans lequel s'écou-

lait sa brillante et ardente jeunesse : relations passa-
gères, comme on dirait maintenant avec une jolie fille
d'Avignon, dont le nom n'est pas parvenu jusqu'à
nous, et qui lui donna deux enfants, son fils Jean, sa
fille Françoise.

Mais son adoration pour Laure fut le fond de sa
vie, fut toute sa vie. Tant que Laure vécu, elle occupa
l'esprit et l'âme du poète; et morte, sa pensée restera
pour lui une source perpétuelle de souvenirs douloureux et sacrés, même lorsque, devenu vieux, il cher-
chera dans l'étude et dans les méditations religieuses
des consolations suprêmes. Alors même, il ne vivra
qu'avec l'espérance de la revoir dans l'éternité.

Le *Canzoniere*, qu'il commença à Avignon, qu'il
continuait dans sa solitude de Vaucluse, qu'il achèvera
en Italie, il le corrigeait encore à la fin de ses jours.

Admirateur des lettres latines, il reprochait bien à
cette œuvre d'être écrite en langue vulgaire, en italien;
imprégné de religiosité chrétienne, il lui reprochait
bien d'être l'expression de son amour terrestre; mais,
au fond, c'était son œuvre préférée et de prédilection.
Ce livre d'amour était le livre de son cœur.

C'est aussi le jugement de la postérité : car jamais
le cœur humain n'offrit aux regards un spectacle
plus attendrissant ni plus beau que dans ces pages.
J'ai souffert, j'ai pleuré, j'ai chanté, dit le poète.
Croyons-le sur parole, celui qui, après la mort de
Laure, s'adressant à son ami Sennuccio, qui venait de
mourir après elle, s'écriera : « Quant à ma dame, tu
» peux lui dire — dans le ciel — toutes les larmes dont
» ma vie est arrosée, et que je suis devenu comme
» une bête sauvage... »

C'est la sincérité de l'œuvre entière, l'intensité, la puissance du sentiment qu'elle exprime qui, en immortalisant le poète, ont placé son amour au premier rang parmi les amours célèbres et immortels (1).

Les dix premières années furent naturellement les plus pénibles, les plus cruelles.

C'est dans cette période que la réserve de Laure et la passion de son amant font de cet amour l'épisode poignant qui exerce sur la vie de Pétrarque une si grande influence. Il y devient un grand poète, mais il paye chèrement la célébrité que lui valent ses vers. Il voit celle qu'il adore recherchée dans la société brillante d'Avignon, cette ville qui ressemblait alors à une sorte d'Athènes enfiévrée et corrompue, où se concentrait en ce moment tout ce qu'il y avait de civilisation dans le xive siècle. La noble femme semble avoir traversé ce monde de plaisirs et de fêtes sans trop s'y attacher ; mais sa position et son nom exigeaient qu'elle y parût souvent. Pétrarque la rencontre aux cérémonies, aux cours d'amour, aux réceptions pontificales. S'il lui parle c'est d'une voix tremblante ; il n'espère plus et il aime encore ; il n'a nul droit sur cette femme et il est jaloux. Neuf ans après la première rencontre, le jour

(1) Rappelons ici ces beaux vers de Musset :

Lorsque j'ai lu Pétrarque, étant encore enfant,
J'ai souhaité d'avoir quelque gloire en partage
De la langue des Dieux, lui seul sut faire usage ;
Il aimait en poète et chantait en amant.

Lui seul eut le secret de saisir au passage
Les battements du cœur qui durent un moment,
Et, riche d'un sourire, il en gravait l'image
Du bout d'un stylet d'or, sur un pur diamant....

où l'Empereur Charles de Bavière, dans une réception, baisera en signe d'hommage le front et les yeux de madame de Sade, le poète, dans l'ombre, tressaillera de rage et de douleur. Il consigne dans son livre douloureux, ses soupirs, ses continuelles défaites, sa désespérance sans fin. Il prend pour confidents de sa pensée les lieux où elle passe, l'église où elle prie, les bois et les rochers, la rivière où elle va baigner son corps. Un jour, il quitte Avignon et fuit au loin, courant l'Europe, traversant les Alpes, le Rhin ; il visite la France, l'Espagne, l'Angleterre, l'Allemagne, l'Italie, *mœstus et errabundus*, emportant avec lui son chagrin d'amour, la douleur qui le ronge : « Partout, » dit-il, où je repose mes yeux lassés, partout où je » tourne mes regards, pour apaiser la passion qui les » point, je retrouve l'image de celle qui fait à jamais » renaître mes désirs. » (1)

Puis : « Je regarde, je pense, je brûle, je pleure ; et » celle qui me fait mourir est sans cesse debout pour » mon tourment, que pourtant, elle adoucit. » (2)

« Il me semble l'entendre, dit-il encore, lorsque » j'entends les rameaux, les brises, les feuillages et les » oiseaux qui gémissent et les eaux qui fuient en » murmurant à travers l'herbe verte. » (3)

Il revient, puis il s'éloigne encore, et ses nombreux voyages le ramènent toujours subitement à Avignon, par le sud, par le nord, par les Alpes, car c'est à Avignon qu'est attachée son âme. A saint Augustin,

---

(1) Sonnet 125.
(2) Sonnet 131.
(3) Sonnet 143.

il racontera un jour, dans ses colloques secrets, que le but de tous ces déplacements était de conquérir sa liberté : *Libertatem sequens per occidentem et per septentrionem et usque ad oceani terminos longe lateque circum actus sum* (1).

Ses traits s'altèrent, il vieillit prématurément, ses cheveux blanchissent de bonne heure : « Je ne suis » plus tel que vous m'avez laissé, écrit-il à un ami, la » lutte constante qui se fait entre mon âme et mon » corps a produit une profonde altération dans mon » visage, avant le temps ; vous auriez de la peine à me » reconnaître. »

A un autre ami, qui le trouve changé et qui attribue à un sortilège une passion si funeste à sa santé, il répond en énumérant les charmes de Laure, les séductions de son regard, les vertus si rares de celle qu'il aime, et s'écrie : *da questi maggi transformato fui*, voilà la magicienne qui m'a transformé.

Il s'en va, dans les lieux les plus solitaires, à pas lents et lourds, évitant la trace de tout être humain, craignant de rencontrer quelqu'un qui devine sa souffrance intérieure. « Mais, hélas ! ajoute-t-il, il n'est ni sentiers escarpés, ni retraites si sauvages que l'amour ne m'y suive, conversant avec mon âme et mon âme avec lui. »

Il est sans doute de cette époque, le sonnet suivant : « Si la passion qui me dévore faisait sur mon » visage les ravages qu'elle fait dans mon âme, la » femme qui m'aime peut-être, mais qui évite ma

---

(1) A la recherche de ma délivrance, j'allai voir l'Occident et le Septentrion, parcourant le monde, ne m'arrêtant qu'aux bords de la mer.

» présence, serait touchée de mes tourments (*se'l pensier che me strugge...*)

C'est bien pendant ces années d'amour passionné
et violent, d'espoirs toujours renaissants et toujours
brisés, de voyages rapides et inquiets que le poète a
écrit dans le *Canzoniere* tant de pages émues, douloureuses, palpitantes, à la lecture desquelles il semble
qu'on n'entende que le cri de son âme déchirée.

Dans son œuvre on retrouve presqu'à chaque page,
sous les voiles de la forme, un trait, un souvenir, un
épisode qui sont la trame joignant l'un à l'autre les
cent actes du drame d'amour. Comme tous les amants,
il passe tour à tour de la joie à la tristesse, des résolutions audacieuses à l'abattement, et cela au gré du
moindre accident passager. Un gant tombé des mains
bénies et ramassé par lui, un mot susceptible d'une
interprétation consolante sorti des lèvres de la bien-
aimée; un sourire de bonté ou de compassion, il
n'oublie rien, et tout devient le sujet d'un chant
joyeux ou triste. Tantôt c'est une strophe aux yeux
de la belle, et dont l'enfantillage fait sourire; tantôt
c'est un cri de douleur qui émeut l'âme et donne un
frisson ; l'œuvre gardant toujours, du reste, l'empreinte d'une poésie incomparable, d'une forme im-
peccable.

De Vaucluse, il venait à Avignon se réfugier dans
une petite chambre que Lélius mettait à son service,
et, de là, il regardait passer dans la rue sa belle patri-
cienne, heureux de l'avoir un moment aperçue :

> *O cameratta, che fusti un porto,*
> *Alle grave tempeste mie diurne...*

Un jour, le premier jour de mai, Laure se promenait dans les environs de la ville avec ses amies.
Pétrarque la suivit. On s'arrêta au jardin de Sennucio
del Bene, ce fidèle ami du poète, poète lui-même,
comme Lélius, comme Barbate de Sulmone, « cet
autre Ovide »; et Sennucio de cueillir les deux plus
belles roses de ses rosiers et de les offrir, avec un sourire discret, à Laure et à Pétrarque, en disant : « Non,
on ne vit jamais deux amants pareils! »

Laure rougit, et Pétrarque inscrivit le souvenir de
cette scène dans un sonnet :

> Un vieillard tendre et sage à deux jeunes enfants
>   Distribua deux belles roses,
> Qui semblaient dans l'Eden nouvellement écloses.

Un autre jour, Laure fait une promenade en bateau.
On descend le Rhône rapide et l'on remonte la rive
en charriot. Pétrarque rencontre la troupe aimable de
sa maîtresse et de ses compagnes. Il se cache et laisse
passer le cortège champêtre. Une voix harmonieuse
retentit, c'est Laure qui chante. Le poète écoute et,
ravi, il rentre à Avignon et vient écrire le délicieux
sonnet *Dodici donne onestamente...*

Une autre fois, il est assis près de Laure et il rêve.
Laure, qui voit passer un nuage au front de son poète,
si beau dans sa jeunesse, lui met familièrement la
main sur les yeux :

> C'était me dire : Ami, quel est donc le sujet
>   De cette grande rêverie!

Mais ce qui resta de tous ces incidents, de toutes

ces émotions, de toutes ces espérances et de toutes ces luttes, ce fut la désespérance finale et la douloureuse résignation.

Nous arrivons ainsi à l'époque où il résolut de se retirer à Vaucluse et où il vint en effet y fixer sa demeure.

Il y a dix ans qu'il aime Laure. Mais à ce moment précis il est facile de constater que cette passion s'est transformée, adoucie. On en sentira moins désormais la violence que l'amertume. C'est l'apaisement qui est venu. L'amour malheureux est comme la mort des êtres chéris : il laisse au cœur la blessure à côté des souvenirs douloureux qu'on éprouve pourtant une âpre joie à évoquer; on s'acclimate à ces impressions de tristesse apaisée, et l'on vit. En Pétrarque, l'amour ne s'éteint pas, il s'élève et se purifie (1). Ce n'est plus un feu qui le dévore, c'est une lampe qui veille au fond de son cœur et qui, doucement, l'éclaire. De temps en temps, on aperçoit en lui des réveils, des soubresauts, des accès ; mais tout cela se termine par un hommage, une prière. C'est lors de son premier séjour à Vaucluse qu'eurent lieu dans son cœur les derniers combats entre sa passion et sa résignation. Il voit Laure sortir vivante de l'eau transparente, du tronc d'un hêtre, d'un rocher, d'un nuage et courir sur l'herbe verte. Mais l'image est caressante et douce.

Une autre fois, elle lui apparaît la nuit à trois reprises. « Si l'on eût apporté une lumière, dit-il, on m'eût

---

(1) Pétrarque a décrit ce délicieux sentiment : *Presso era il tempo dove amor si scontra con castitate.*

trouvé pâle comme un mort. » Mais le calme lui revient aussitôt et il nous dit la paix sereine qui se fait en lui.

Il est hanté de la perpétuelle obsession : « Si quelqu'un te demande, ô ma chanson, ce que je fais, tu peux lui dire : Sous un grand rocher, où naît la Sorgue, il n'est qu'avec l'amour et l'image d'une femme dont la pensée le consume. » Mais il s'amuse à bâtir des murs contre la Sorgue, pour défendre son jardin des assauts de la rivière, il rêve à son poème de l'*Afrique*, et les riantes images se multiplient sous sa plume.

« Il ne cessait pas d'aimer Laure, mais il en venait à l'aimer en quelque sorte, d'une manière moins réelle, en poète plus qu'en amant; il la poétisait, il la transfigurait dans sa pensée, il ornait et embellissait son souvenir; il recouvrait, grâce à l'éloignement, assez de liberté d'esprit pour la faire passer de la région du sentiment dans celle de l'art. Il réussissait même à se détacher assez d'elle pour que le travail d'esprit qu'elle lui inspirait, délivré des révoltes et des douleurs de la sensibilité, s'élevât jusqu'à la sérénité de la poésie pure... L'âme de Pétrarque s'affranchit, par la séparation, de ce qu'il y a de trop cruel dans les peines d'amour : comme tous les poètes lyriques, il se soulage pour ainsi dire de sa passion, en l'exprimant sous une forme poétique... » (1)

C'est à Laure elle-même qu'il faut attribuer en grande partie ce résultat; c'est à sa bonté, à son habileté délicate que Pétrarque dut la guérison de son

---

(1) MÉZIÈRES, p. 95. M. Mézières a supérieurement analysé le sentiment de Pétrarque; il en a décrit les phases avec l'éloquence d'un écrivain de premier ordre et l'habileté d'un véritable psychologue.

âme malade. Nous l'avons déjà indiqué, si elle n'accorda rien à son poète, ce ne fut point par dédain, ce fut à cause de la conception qu'elle avait du devoir. Ajoutons maintenant qu'il n'est pas douteux qu'elle ait souffert, elle aussi. « Aucune prière ne la toucha, » a écrit Pétrarque, aucune séduction n'eut raison » d'elle ; elle conserva son honneur d'épouse et malgré » son âge et le mien, malgré beaucoup de circonstances » capables de toucher un cœur de diamant, elle de-» meura inexpugnable... » (1) Oui, mais elle ne s'en était point tenue à cette attitude et, ne pouvant donner son amour à celui qui l'aimait, elle lui donna sa pitié; ne pouvant lui donner le bonheur, elle le secourut. Elle permit que Simon de Sienne fît son portrait pour son amant. Elle parlait de sa gloire avec joie, elle voulait savoir ce qui l'intéressait. « Laissons-là cette chanson », lui dit-elle un jour où le poète avait mis son cœur près du sien, dans une conversation qui paraissait la toucher vivement; et elle prit la fuite. « O Pétrarque, lui dit-elle une autre fois à voix basse, vous avez cessé de m'aimer ! — Non, non, madame, s'empressait-il de répliquer, je ne fus jamais las de vous aimer, et tant que je vivrai mon amour vivra. Que votre nom seul soit gravé sur le marbre de ma tombe. » Une fois, même, n'est-elle pas allée jusqu'à lui reprocher, sous une allusion qui révèle le dépit, une prétendue infidélité de son cœur ? C'est le jour où le poète, exaspéré par ce reproche, écrivit son fameux canzone : *Si je l'ai dit jamais*, et qu'il s'écria dans son emportement : J'ai servi pour Rachel et non pas

(1) Dialogue sur le mépris du monde.

pour Lia ! Ceux qui ont aimé savent seuls ce qu'il y a de douleur dans un mot dit en passant, dans un regard, dans une attitude, dans un reproche de l'être aimé. Pour que Laure se livrât à ce jeu cruel, il fallait bien que Pétrarque ne lui fût pas indifférent. Et quand il partait pour ses voyages en Italie, que de fois elle laissa voir son émotion et ses alarmes secrètes !

Un jour qu'il quittait Vaucluse, croyant ne jamais plus y revenir, — il avait alors quarante-trois ans, — il vint lui faire ses adieux.

Il la trouva « sérieuse et préoccupée. » — « Son air,
» a-t-il raconté, annonçait la crainte d'un mal qu'on
» ne sent point encore. En la quittant, je cherchais
» dans ses yeux une consolation anticipée des mal-
» heurs qui devaient m'accabler. L'expression que
» j'y remarquai était telle que jamais je n'en avais
» observé de semblable. Je leur laissai en dépôt
» mon cœur et mes pensées comme à deux amis
» fidèles sur qui je pouvais compter. Sa mise, son
» air, sa contenance, une certaine pitié inconnue,
» mêlée de douleur, que je vis sur son visage, auraient
» dû me faire pressentir les maux dont j'étais me-
» nacé. » Et ailleurs : « Au moment où je m'éloignais
» d'elle, elle jeta sur moi un regard si doux, si loyal
» et si tendre, que ce regard est toujours resté dans
» mon cœur. »

Elle devait mourir l'année suivante, le 6 avril 1348.

Dans son attitude, son ami avait cru deviner le pressentiment de la mort. Mais n'est-il pas visible pour quiconque lira ces lignes si tristes, qu'à ce pressentiment funèbre, il se mêlait, dans l'âme de Laure, les regrets d'une affection secrète et contenue.

Elle meurt; l'amant qui a espéré dans cette entrevue
suprême l'aveu qui n'est pas venu et que ne peuvent
plus prononcer maintenant les lèvres fermées pour
toujours, demandera cet aveu au fantôme de la bien
aimée. Il faut lire, dans le *Triomphe de la mort*, ce
passage où, en une exquise suavité de formes, le
poète, faisant parler son amie dégagée des conven-
tions terrestres, semble nous initier aux secrets de
leurs deux âmes. Il l'évoque, elle apparaît, et alors
c'est un mélancolique duo d'amour entre le vivant et
la morte. Laisssons-les parler :

« Par pitié, madame, lui dis-je, au nom de cette foi
» qui fut jadis, je pense, manifeste pour vous, dites-
» moi si jamais l'amour fit naître en vous la pensée
» d'avoir compassion de mon long martyre sans vous
» départir de vos résolutions vertueuses ! Car vos
» dédains, tempérés par la douceur, vos colères inof-
» fensives, les douces trèves qu'on devinait en vos
» beaux yeux, ont fait souvent, souvent, hésiter mes
» désirs. A peine eus-je ainsi parlé que je vis éclater
» ce sourire qui fut un soleil pour mes vertus affli-
» gées. Puis, soupirant, elle parla : Jamais, dit-elle,
» mon cœur n'a été séparé de toi et jamais il ne le
» sera; mais j'ai modéré sa flamme en me montrant à
» toi sous cet aspect. Pour te sauver et me sauver
» dans notre jeune renommée, il n'y avait pas d'autre
» moyen. Une mère est-elle moins tendre parce
» qu'elle donne une correction ? Ce que je t'ai laissé
» voir de moi, ce que j'en ai caché dans le mystère de
» mon âme, ce fut là ce qui, souvent, te retint et te
» ramena, comme le frein du cheval qui s'emporte.
» Plus de mille fois, la colère semblait peinte sur

L'Apparition.

» mon visage, mon cœur brûlait d'amour ; mais
» jamais en moi le désir ne triompha de la raison.
» Plus tard, quand je t'ai vu vaincu par la douleur,
» j'ai ramené vers toi mes yeux avec douceur, pensant
» sauver à la fois ta vie et notre réputation. Quand
» ton amour s'est trop surexcité, mon front et ma
» voix, sous l'influence de mon émotion, ont exprimé
» visiblement pour toi l'affliction et l'effroi. Artifice
» mon gracieux accueil, artifice mon dédain...
» Lorsque tes yeux rougis de larmes me laissaient
» craindre la mort pour toi si tu n'étais secouru,
» alors, j'y pourvoyais d'un honnête secours. D'autres
» fois, je t'ai vu de tels éperons au flanc que j'ai dû
» me dire : il faut ici un mors plus rigoureux. C'est
» ainsi que brûlant et les joues enflammées, ou bien
» glacé et le front pâli, tantôt triste et tantôt joyeux,
» je t'ai conduit sauf jusqu'ici, ce dont je me réjouis,
» quelle que soit la fatigue. — Et moi, madame, ce
» me sera une récompense suffisante de ma foi, si je
» puis me le persuader, dis-je en tremblant, le
» visage humide de mes larmes. — Homme de peu
» de foi, reprit-elle, pourquoi te parlerais-je ainsi si
» telle n'était pas la vérité, si telle n'était pas ma
» pensée ? Et s'animant, elle ajouta : si dans le monde
» j'eus plaisir à te voir, je ne veux pas le dire ; mais
» j'avoue avoir aimé le sentiment que tu éprouvais
» pour moi. J'aime le nom que m'ont acquis tes
» chants et jamais dans ton amour je n'ai cherché
» qu'à l'entendre exprimer. Mais tu as voulu le
» chanter, ton amour, et dire à tous ce que je devinais
» moi-même, tu as voulu ouvrir à tous ton cœur ; de
» là ma froideur qui pesa et qui pèse encore sur toi...

» Les flammes amoureuses furent en nous pres-
» qu'égales, du moins depuis que je m'aperçus de tes
» feux ; mais l'un de nous les a manifestées, l'autre
» les a cachées. Tu t'enrouais à force de crier grâce,
» pourtant je me taisais, car la pudeur et la crainte
» dominaient les désirs. Mais la douleur n'est pas
» moindre parce qu'on lui impose silence, elle n'est
» pas plus grande parce qu'on la laisse crier ; la fiction
» ne peut augmenter ni diminuer la vérité. Mais tout
» voile ne fut-il pas déchiré au moins lorsque seule
» avec toi j'accueillis tes paroles en chantant : *Notre*
» *amour n'ose en dire davantage ?* Mon cœur était
» avec toi ; et je ramenais mes regards à moi. Tu t'en
» affliges comme d'une chose injuste, alors que je t'ai
» donné ce qui était le meilleur et le plus important,
» et ne t'ai refusé que ce qui vaut le moins. Les pai-
» sibles lumières de mes regards se seraient reposées
» sur toi sans cesse si je n'eusse redouté les dangereux
» éclairs des tiens. Et je veux te dire encore plus, pour
» ne pas laisser tout ceci sans une conclusion qui te
» sera peut-être agréable, au moment où je vais te
» quitter : assez heureuse en tout, j'ai regretté d'être
» née en un lieu trop obscur ; j'ai regretté de n'avoir
» pas au moins reçu le jour près de ton noble berceau,
» mais c'est un assez beau pays que celui où j'ai su te
» plaire... » (1)

Ces pages écrites longtemps après la séparation éternelle ne sont point assurément une façon de caresser
sa chimère, une fantaisie de sa muse aux prises avec
un thème poétique. Elles sont l'analyse amère d'un

(1) Le *Triomphe de la mort*. Trad. Gramont.

état d'âme, d'un état de grâce amoureux où il trouva, on le sait, tant de souffrances, mais aussi la gloire, car c'est de là que vint à son œuvre son caractère d'élévation idéale. Quoi de plus noblement touchant que cette variante du *Triomphe de la mort*, que ce sonnet dans lequel il s'écriait, bien après la mort de Laure :

« Douces cruautés et bienheureux refus pleins d'un chaste amour et d'une tendre bonté ; charmants dédains qui calmèrent (je le sens bien maintenant) l'ardeur insensée de mes désirs ; noble parler où brillait clairement la suprême courtoisie unie à l'honnêteté suprême... Divin regard qui suffit à rendre un homme heureux, tantôt plein de rigueur afin de réfréner mon âme audacieuse et passionnée pour ce qui lui est justement refusé, et tantôt diligent à rassurer ma vie chancelante (1) »

Laure était morte de la peste, de ce mal dont, dit Froissart, « bien un tiers du monde périt. » Elle avait trente-huit ans.

Pétrarque, dans son *Traité de la mort*, raconte ainsi les derniers moments de sa maîtresse :

« Laure était assise sur son lit, et toute occupée des espérances du ciel, elle paraissait attendre avec tranquillité sa séparation d'avec ce monde. Ses compagnes et ses amies, répandues autour de sa personne, versaient des torrents de larmes. Nous allons voir disparaître, se disaient-elles, la merveille de notre siècle, le

(1) Sonnet 334. Trad. Gramont.

modèle de toutes les perfections. La vertu, la beauté, la politesse s'envoleront avec Laure. L'âme de nos plaisirs innocents s'éloignera de nous pour jamais. Elle va se cacher à nos yeux dans les profondeurs de l'éternité, cette femme incomparable, dont les propos étaient si sages, le maintien et les manières si honnêtes, la voix si douce et si ravissante, cette tendre amie qui nous consolait dans nos peines et dont l'exemple était pour nous une leçon continuelle, qui nous faisait connaître le prix des actions vertueuses. Le ciel qui nous l'enlève, semble nous envier la possession d'un trésor dont nous n'étions pas dignes... Son âme, prête à quitter sa belle demeure, recueillait déjà en silence le fruit d'une vie innocente et pure : et rassemblant en elle-même toutes ses vertus, elle partit doucement et sans efforts, non comme un flambeau qu'on éteint, mais comme une lumière à qui manque de l'huile et qui, s'affaiblissant peu à peu, éclaire jusqu'à la fin. »

C'est à Parme que Pétrarque reçut la triste nouvelle. Il consigna sa douleur dans une note écrite sur la couverture d'un manuscrit de Virgile qu'on a conservé à la bibliothèque ambroisienne de Milan :

« Laure, illustre par ses vertus et longtemps célébrée dans mes vers, m'apparut pour la première fois pendant ma jeunesse, en 1327, le 6 avril, dans l'église de Sainte-Claire, à Avignon, à la première heure du jour ; et dans la même cité, dans le même mois, au même fixième jour, à la même première heure, cette lumière fut soustraite à mes regards, alors que j'étais à Vérone, ignorant, hélas ! mon malheur. La fatale nouvelle me parvint à Parme, la même année, le 19 mai, au matin, avec une lettre de mon cher Louis. Le corps si beau et si chaste de Laure fut enseveli dans l'église des Frères-Mineurs, le jour même de sa mort, dans la soirée. Sa belle âme, je n'en doute pas, remonta au ciel d'où elle était venue, comme le dit Scipion de celle de Sénèque. Je goûte une amère douceur en consignant sur ces pages, que je revois souvent, le souvenir d'une si grande perte.

« Ces lignes me diront que rien en ce monde ne doit plus me plaire, et qu'il est temps pour moi de fuir Babylone, puisque le lien puissant qui m'y attachait est brisé. Je les relirai maintes fois, et elle me convaincront de la brièveté de la vie, ce qui, avec l'aide de la grâce divine, me sera d'un grand secours pour méditer profondément et sans cesse sur la ruine de mes espérances et sur les événements imprévus de mes jours passés. »

C'est d'un philosophe résigné. Mais son amour n'est point mort. On en retrouve l'expression dans la suite douloureuse du *Canzoniere*. « Hélas ! j'appelle maintenant, il n'y a plus personne qui m'entende... Que fais-tu, ô mon âme ! à quoi penses-tu ? Vers qui regarde-tu en arrière dans ce temps qui ne peut plus revenir ? Les douces paroles, les tendres regards que tu as si souvent décrits, ô pauvre âme sans repos, sont enlevés à la terre ! O mes yeux, elle s'est obscurcie, notre aurore, et m'a rendu à moi-même plus insupportable le poids de ma vie... Oh ! qu'il eut fait bon de mourir il y a aujourd'hui trois ans (1). »

C'est un long *Requiem* d'amour :

« Fuis la clarté et la verdure, ne t'approche pas des lieux où l'on rit, où l'on chante, ô canzone, mais seulement de ceux où l'on pleure... Amour, la mort m'a affranchi de toutes tes lois. Celle qui fut ma dame est partie au ciel, en rendant à ma vie une liberté qui lui est odieuse... Donnez-moi la paix, ô mes cruels pensers... O mort, pourquoi me laisse-tu ici aveugle et inconsolé puisque la charmante, amoureuse et douce lumière de mes yeux a cessé de m'éclairer?... Combien de fois, solitaire et inquiet, me suis-je lancé à travers ces lieux ombragés et obscurs pour tâcher de retrouver par la pensée celle qui était mon souverain bien et que m'a ravie la mort?... Ame bienheureuse qui souvent revient pour me consoler de mes douloureuses nuits!... J'ai rempli de soupirs tout l'air environnant, en regardant le doux aspect des collines où naquit celle qui tint mon cœur en sa main... Prédestinée, qui m'appelles des profondeurs du ciel, par la mémoire de ta mort si amère, oh ! prie pour moi afin que je dédaigne de ce monde toutes ses douces amorces et ce qui n'est pas toi... (2). »

Et les lamentations se prolongent dans ce cœur meurtri :

« Elle est partie pour le séjour de la félicité et mes yeux la cherchent en vain dans ces lieux où elle naquit, dans cet air que je remplis de mes soupirs; mais il n'y a ni un rocher, ni un précipice dans ces montagnes, ni rameau, ni feuillage vert sur ces rives,

(1) Canzoniere, *passim*.
(2) *Id.*

ni fleuve dans ces vallées, ni brin d'herbe, ni goutte d'eau, ni veine distillant de ces sources, ni bête sauvage de ces forêts, qui ne sachent combien je souffre pour elle. » — « Vivre est un ennui si pénible et si long, que j'invoque la mort afin de revoir vite celle que je voudrais n'avoir pas connue. — Ah! si elle avait vécu, le temps n'était pas loin où l'âge, blanchissant nos cheveux à l'un et à l'autre, aurait pu modifier nos relations : j'aurais pu tout lui dire, sans éveiller le soupçon ni la médisance. Avec quels respectueux soupirs je lui eusse alors raconté mes longs tourments? — Déjà ma douce ennemie commençait à se rassurer peu à peu dans ses inquiétudes et ses soupçons; sa bienveillance transformait lentement en joie mes tourments acerbes. La mort brisa cette situation fortunée. — Et tu m'as laissé ici-bas misérable et solitaire, et, plein de ma douleur, je reviens sans cesse vers ces lieux que j'honore et que je vénère, car, grâce à toi, ils sont sacrés. »

Et se reprochant de n'avoir pas prévu la catastrophe, lors de son dernier départ pour l'Italie : « A ses gestes, dit-il, à ses paroles, à son visage, à ses vêtements, à cette pitié nouvelle qui se mêlait à sa douleur, pourquoi ne me suis-je pas dit : ce jour est le dernier jour de mon bonheur? »

Sa douleur prend toutes les formes et toutes les expressions. Tantôt il invoque la morte en lui demandant de l'accompagner encore, âme immortelle, dans ce qui lui reste de chemin à parcourir dans la vie; tantôt il lui demande pardon de l'avoir trop aimée; tantôt il se reproche de ne lui avoir pas donné tout ce qu'il avait d'amour en son être; toujours il appelle la mort comme un secours, comme une délivrance.

Ses études, il les délaisse; ses amis, il les fuit. Rien ne lui est plus rien.

Ces cris de son cœur brisé, ces larmes abondantes, cette obstination de son désespoir, tout cela est si touchant, si sincère, si vrai, si profondément humain, que l'on se demande encore, à la lecture de ces pages, comment on s'obstina si longtemps à douter de la réalité de cet amour et à lui attribuer le caractère d'une fiction, d'une fantaisie allégorique.

Mais comme Pétrarque est un idéaliste et un chrétien, il adoucit, selon sa foi, sa douleur terrestre par l'espérance en la vie éternelle :

« Vivante et belle, elle a fait son ascension vers le ciel; de là elle règne et gouverne toutes mes pensées... Quand je revois l'aurore avec son visage de roses et sa chevelure dorée, je me dis dans mes soupirs : Là est Laure maintenant! Là nous la reverrons encore; là, elle nous attend et là elle se lamente peut-être de ce que nous tardons tant à la rejoindre! »

Les plaintes de son cœur, il les exhale à Parme, à Padoue, à Milan et aussi à Vaucluse, où il était revenu, d'où il repartait pour y revenir encore, uniquement afin de revoir ces lieux où il aima, ces lieux témoins de sa jeunesse et de ses rêves d'antan.

Mais comment était Laure ? Quelle était sa beauté ? Sous quels traits est-il possible de nous représenter l'héroïne de cet amour sublime, cette figure qui brille d'un éclat si vif et si pur au livre d'or des amours devenus légendaires dans le monde ?

Par malheur, il n'est resté d'elle aucun portrait. Nulle toile, nul marbre, nul médaillon, nul bas-relief ne nous a transmis son visage avec un caractère d'autorité suffisant. C'est, du moins, ce qui paraît résulter des discussions qui ont eu lieu sur ce point en France comme en Italie. Le bas-relief des Peruzzi, qu'on attribue à Simon Memmi — de Sienne — qui était peintre et sculpteur à la fois, n'a pas lui-même la valeur d'une œuvre authentique; pas plus que le portrait gravé par Morghen, d'après le tableau que possédait, à Sienne, le chevalier Antoine Piccolomini. On voyait encore, il y a peu d'années, sous la voûte du portique de la cathédrale d'Avignon, une fresque qui pouvait être la reproduction d'une œuvre de Simon de Sienne, et l'on signalait un portrait de Laure et de Pétrarque, qui seraient du même artiste, dans une des chapelles de l'église *Santa Maria Novella*, à Florence. Mais on sait combien on abuse partout de la manie d'attribuer à de grands artistes les œuvres anonymes et de leur donner des titres. Thomasini fit graver pour son *Petrarca redivivus* un portrait de Laure de la galerie du palais Barberini et qui était une copie, assurait-il, d'un ancien portrait qui existait dans la maison de Sade (1) et qui fut dérobé à cette maison vers la fin du siècle dernier.

Il y a, enfin, au musée Calvet, d'Avignon, deux

---

(1) L'abbé ARNAVON, *Pétrarque à Vaucluse*. Paris, 1803, p. xxij.

prétendus portraits de Laure; M. Gustave Bayle (2) a victorieusement démontré que ces deux toiles ne se rapportent nullement à elle.

Pourquoi faut-il que le portrait de Laure, par Simon de Sienne, ne soit pas parvenu jusqu'à nous, l'un des portraits, pour mieux dire, car l'ami du poète semble avoir reproduit plusieurs fois les traits de la maîtresse de celui-ci. « Certainement, mon Simon fut dans le Paradis d'où est venue cette gentille dame..... C'est là qu'il la vit et qu'il fit son portrait pour faire foi ici-bas de son beau visage. »

Et dans le sonnet suivant :

« Lorsque vint à Simon le noble projet qui, en ma faveur, lui mit le pinceau à la main, s'il eût pu mettre en son œuvre si douce la voix et l'intelligence, comme il put y mettre la forme, il eût délivré mon cœur de bien des soupirs. »

On en est donc réduit à rechercher, à travers les enthousiasmes de l'amant et dans les fugitives esquisses de son crayon poétique, la physionomie de celle qu'il aimait. Par ci par là, il nous en signale tels ou tels traits, dont l'ensemble élèverait sa maîtresse bien au-dessus de cette grâce encore plus belle que la beauté et la ferait monter, à nos yeux, dans la région de la beauté souveraine.

« Souvent j'ai essayé de dépeindre ses beautés sublimes pour que les siècles futurs pussent les apprécier... et son visage n'a pu s'incarner dans mes vers » *sonnet 267.*

(2) *Loco citato.*

« Une jeune dame, dit-il, m'est apparue sous un vert laurier, plus blanche et plus froide que la neige où le soleil n'a pas frappé depuis des années ; et son parler, son visage et ses cheveux me charmèrent si bien que je l'ai et que je l'aurai toujours devant les yeux en quelque lieu que je sois..... Jamais n'ont été vus d'aussi beaux yeux..... L'or et les topazes au soleil, sur la neige, sont vaincus par les blonds cheveux, près des yeux qui mènent si rapidement mes années à leur terme. »

Ailleurs : « Ses mains blanches et déliées, ses bras charmants, ses mouvements suavement altiers et ses douces rigueurs altièrement humbles et son beau front juvénile... »

« Ses cheveux d'or, dit-il encore, étaient épars à la brise qui les roulait en mille nœuds charmants..... Sa démarche n'était point celle d'une mortelle, mais d'une créature angélique..... » — « Si jamais, dans un vase d'or, mes yeux ont vu des roses blanches et vermeilles fraîchement cueillies par une main virginale, ils ont cru voir le visage de celle qui surpasse toutes les autres merveilles, avec les trois belles perfections en elle rassemblées : ses blondes tresses dénouées sur son cou, auquel le lait ne pourrait être comparé, et ses joues qu'embellit un doux feu. » — « Mais, quand la brise mollement agite par les plaines les fleurs jaunes et blanches, mon esprit se retrace aussitôt le lieu et le jour où, pour la première fois, j'ai vu la brise faisant flotter les cheveux d'or dont l'aspect m'enflamma si subitement. » — « Mais je me rattache seulement à une image que n'a faite ni Zeuxis, ni Praxitèle, ni Phidias, mais un maître meilleur et du plus haut génie : l'œuvre sortie des mains de Dieu est si puissante, si charmante, si inouïe, que le regard mortel n'est pas en sûreté en la contemplant, tant on voit pleuvoir outre mesure, de ses beaux yeux, l'amour, la douceur et la grâce. » — « Sa tête était de l'or fin et ses yeux deux étoiles. » — « Qu'il est délicieux, dans la saison nouvelle, de la voir aller seule ou en compagnie, entrelaçant un cercle à l'or brillant de ses cheveux bouclés ! » — « Ses charmes sont les yeux sereins et brillants et les cils étincelants, la belle bouche angélique pleine de perles et de roses et de douces paroles..... » — « Hélas ! écrira-t-il enfin, lorsque Laure sera morte, il n'est plus, ce beau visage, il n'est plus, ce suave regard, il n'est plus, ce parler qui adoucissait l'esprit le plus âpre et le plus farouche ; il n'est plus, ce doux sourire ! » (1).

Évidemment, ce n'est point là un portrait au sens ordinaire, ce ne sont que les impressions éparses de l'amant poète. Mais c'en est assez pour l'évocation d'un fantôme doux et gracieux qui passe : blond avec des yeux noirs, à la démarche altière et douce à la fois, avec des cheveux d'or flottant sur des épaules de neige. Vêtissez la belle créature de la robe de soie verte parsemée de violettes qu'elle aimait à porter, faites flotter sur son front le voile léger dont elle se parait souvent et regardez-là, montant les marches de la cathédrale d'Avignon : voilà celle qui fut aimée de **Pétrarque.**

(1) Le Canzoniere, *passim*.

La mort de Pétrarque

Lorsque Pétrarque quitta Vaucluse pour la dernière fois, il aimait encore, mais il n'aimait plus qu'un souvenir. Il avait eu et il avait toujours en lui cet amour, si admirablement défini par Lamartine, qui est un sentiment des êtres d'élite, qui a pour mobile et pour objet la passion du beau, qui inspire des admirations, des enthousiasmes et des cultes, des chefs-d'œuvres et des vertus (1).

Ces impressions, ces visions, ces souffrances et ces joies, personnifiées dans la pensée de Laure, c'était tout lui-même. A travers les vissitudes de sa destinée, à la Cour des princes, auprès des savants, au milieu de ses amis, partout, toujours, quand ses cheveux ont blanchi et que la vieillesse a tari ses forces, Laure est son culte, son culte sacré, son adoration perpétuelle. « Si mes chants ont quelque puissance, a-t-il dit, ton souvenir, ô bien aimée, consacré parmi les nobles intelligences, éternisera ton nom ici-bas ! »

Il en vient à se demander, quand il songe au passé, comment il a pu brûler de feux terrestres pour une beauté terrestre, et par un privilège du génie, en son cœur, il a divinisé l'objet de sa passion. Il bénit, dans sa reconnaissance, le souvenir de Laure, de la femme qui fit naitre en lui un sentiment si vivace, si puissant et si pur. A ce sentiment, il doit tout, son ambition féconde, son labeur utile, ses idées généreuses. Il s'en fait un titre pour la rédemption de son âme. Il est loin, le temps où il célébrait les

(1) LAMARTINE, *Cours familier de littérature*, XXXIe entretien.

cheveux d'or et les blanches épaules d'une maîtresse
désirée; maintenant, il la voit dans le ciel, habi-
tante de la troisième sphère, dans la foule des âmes
élues : « Oh! quand elle aura de nouveau revêtu son
beau voile, si l'on doit dire heureux celui qui la vit sur
la terre, que sera-ce donc de la revoir dans les cieux ? »

Un matin, dans sa petite maison d'Arqua, on le
trouva incliné sur sa table de travail, le front dans ses
mains, et mort. Il avait longuement prolongé dans la
nuit ses méditations et sa rêverie. Sans doute, sa
dernière pensée avait été pour celle qui régna sur
toute sa vie, pour celle qu'il avait couronnée des rayons
de son génie poétique, et qu'il allait maintenant rejoindre dans l'immortalité.

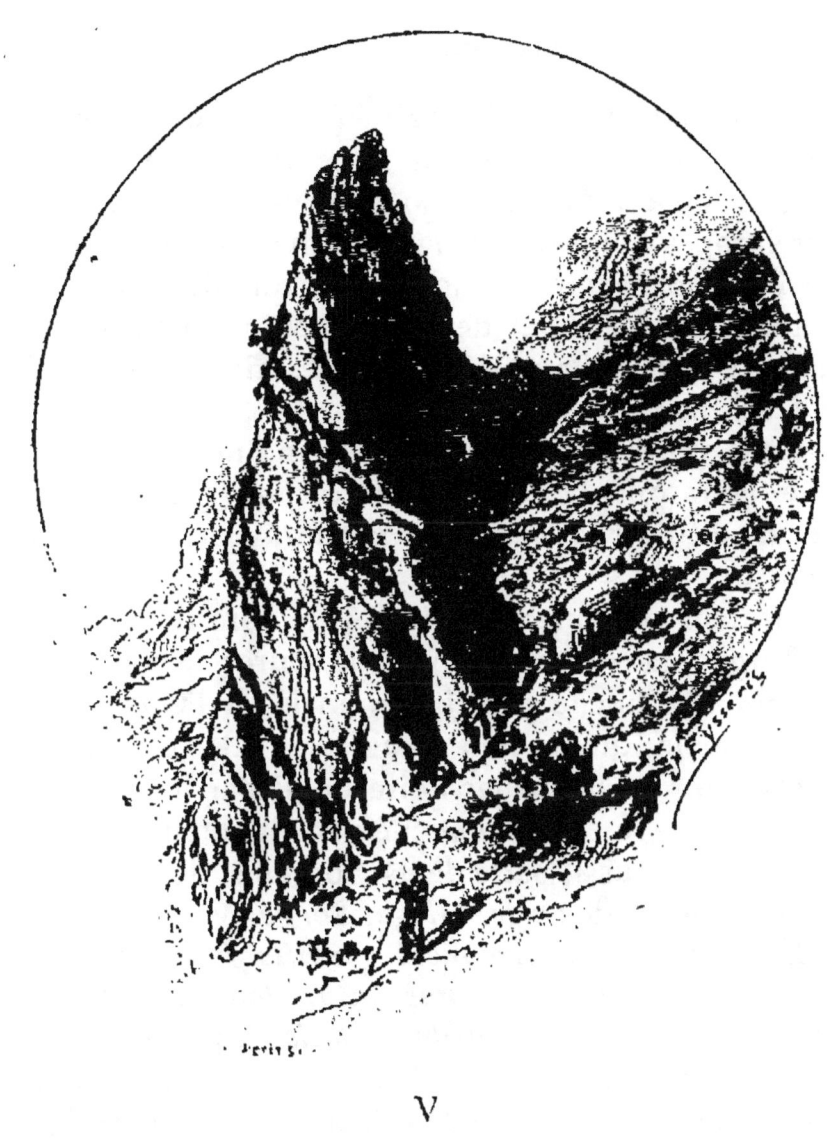

V

PÉTRARQUE A VAUCLUSE

C'est en 1337, nous l'avons déjà dit, que Pétrarque vint établir sa demeure à Vaucluse, retraite du savant, du rêveur et de l'amoureux ; nous avons raconté que

dans son adolescence il avait été frappé de la beauté
de ce site et qu'à l'aspect de cette vallée il n'avait pu
retenir un cri d'admiration. Le jour où il voulut,
sans trop s'éloigner d'Avignon, vivre à l'écart de la
société, un peu inquiétante pour lui, de cette ville
exhubérante de vie et de bruit, il vint donc chercher
dans ce coin solitaire le repos nécessaire à son esprit
et à son cœur.

Cette vallée avait déjà une certaine notoriété avant
que Pétrarque la rendît célèbre : *qui per se olim
notus*, dit-il, *mea longo post incolatu meisque carmi-
nibus.*

Strabon avait mentionné, sous le nom de *Soulgas,*
la Sorgue, la rivière que forme la source de Vaucluse,
et dont la branche principale, mêlée à l'Ouvèze, se
jette dans le Rhône, non loin de la ville de Sorgues,
après avoir baigné le territoire de Bédarrides, qu'on
suppose être le *Ouindalon* cité par cet auteur.

Pline, lui aussi, parle de là Sorgue et de sa source
sous les noms de *Orge, Orige, Sorge.*

*In Narbonensis provinciâ, nobilis fons orge no-
mine est; in eo herbæ nascuntur tantum expelitæ
bobus ut mersis capitibus totis eas quærant.*
(Liv. XVIII, chap. xxii.) Les herbes dont parle le
géographe latin, caractérisent bien le cours de la Sorgue, surtout à son origine, dans lequel, épaisses et
vertes, elles unissent leur couleur. dans un effet des
plus gracieux, à l'étonnante limpidité des eaux.

Nous avons déjà parlé de la célébrité locale qu'avait
donnée à ce pays la présence de saint Véran, et nous
avons mentionné la petite église, si curieuse et si ori-
ginale, que, sur les ruines d'un temple élevé à quelque

divinité païenne, on avait bâtie en l'honneur du saint, dont on peut encore visiter le tombeau au fond de la crypte, creusée dans une chapelle de cette église.

Lorsque Pétrarque vint à Vaucluse, ce n'était qu'un pauvre petit village dont les quelques maisons étaient bâties sur le contrefort de la colline que dominait le château des évêques de Cavaillon. Ceux-ci étaient les seigneurs du lieu, comme représentant les abbés de Saint-Victor de Marseille, lesquels exerçaient, semble-t-il, leur suzeraineté dans toute cette vallée, où ils avaient un monastère.

Vaucluse n'est qu'à quelques lieues d'Avignon, mais il en est assez éloigné pour qu'en s'y renfermant Pétrarque pût y jouir d'une complète solitude. Il racontait plus tard, dans sa vieillesse, à un de ses amis, dans quel état d'esprit il se trouvait au moment où il vint s'y installer, avec ses bons amis, les livres, les manuscrits, qui furent toujours ses meilleurs compagnons. Mais il résulte de ses propres confidences qu'il s'était retiré à Vaucluse surtout pour donner une diversion à la passion qui le dévorait, pour essayer de trouver, dans une retraite laborieuse et solitaire, le calme et l'apaisement dont son cœur avait besoin.

Quatre ans s'écoulèrent pour le poète dans ces dispositions de son âme. Il songeait, il travaillait. Il confiait aux bois, aux rochers, aux eaux vives de la fontaine sa tristesse, son souci. Il cherchait dans la contemplation d'une nature sauvage et délicieuse des distractions à un amour violent qui n'avait pas encore perdu toute son acuité. Dans un grand nombre de ses sonnets et *canzoni*, on peut noter au passage ses impressions ; mais ses lettres familières et ses églogues sont plus précises et renferment plus de détails sur les circonstances de son séjour dans la vallée.

« Ici, écrit-il (1), je fais la guerre à mes sens ; mes yeux, qui m'ont entraîné à bien des sottises, sont bien punis ; ils n'ont à contempler qu'une femme noire et sèche, qu'on dirait brûlée par le soleil de Lybie ou d'Ethiopie. Si Hélène, Lucrèce et Virginie avaient eu un pareil visage, Troyes n'aurait pas été réduite en cendres, Tarquin n'aurait pas été chassé de Rome, Appius ne serait pas mort en prison. En revanche, son âme est aussi blanche que son visage est noir. Elle a l'air d'être si peu touchée de sa laideur qu'il lui sied presque d'être laide. Rien de plus fidèle, de plus soumis, de plus laborieux. Dans le temps où les ci-gales ont peine à supporter l'ardeur du soleil, elle passe sa vie dans les champs. Sa peau durcie brave la canicule. Le soir, quand elle revient de la campagne, elle arrive alerte comme une jeune fille qui sortirait du lit et fait l'ouvrage de ma maison. Je ne parle pas des soins qu'en outre elle donne à son mari ; car c'est elle qui fait tout, occupée de tout le monde, excepté d'elle. Elle couche sur des sarments, ne mange que du pain noir et terreux, ne boit que du vin aigre au-quel elle ajoute de l'eau. Si on lui donne quelque chose de plus délicat, elle le trouve mauvais. Ce que c'est que l'habitude !... Je n'ai plus, pour charmer mes oreilles, les sons harmonieux des voix humaines et des instruments dont mon âme était d'habitude ravie. Je n'entends ici que les bœufs qui mugissent, les

(1) *Lett. fam.*, liv. XIII, lett. 3.

L'église de Vaucluse vue de la rivière (dessin de KARL, croquis de L. BILL)

moutons qui bêlent, les oiseaux qui gazouillent, les eaux qui murmurent. Je suis silencieux du matin au soir, car je n'ai personne à qui parler. Les gens du peuple sont occupés à cultiver leurs vergers et leurs vignes ou à pêcher; ils ne se doutent pas des charmes de la conversation, ni de la douceur des relations. De mon côté, j'en suis venu à me contenter parfois du pain noir de mon valet, et je le mange avec plaisir. Ce serviteur, qui est un homme de fer, me reproche souvent la vie trop dure que je mène; il m'assure que je n'y pourrai tenir longtemps (1). Mais je pense, au contraire, qu'il est plus facile de s'accoutumer à une nourriture grossière qu'à des mets délicats et recherchés. Des figues, des raisins, des noix, des amandes, voilà mes délices. J'aime les poissons dont cette rivière abonde. Ce m'est une grande distraction de les voir prendre dans les filets qu'on leur tend et que je leur tends moi-même quelquefois. Je ne vous parlerai pas de mes habits; j'ai, là-dessus, changé du tout au tout; je ne porte plus aucun de ces vêtements dont j'aimais autrefois à me parer, et vous me prendriez, à me voir, pour un paysan, pour un pâtre... »

(1) Les domestiques qu'il avait amenés d'Avignon ne purent jamais s'accoutumer à un genre de vie si sauvage; ils le quittèrent. Il ne lui resta pour le servir que ce pêcheur de Vaucluse, Monet, dont il parle si souvent et dont il fait le portrait que voici : « C'était un animal aquatique, élevé entre les sources et les rivières, cherchant sa vie dans les rochers; mais un bien brave homme, gai, docile, obéissant. Dire simplement qu'il était fidèle, ce serait trop peu, car il était la fidélité même. Il s'entendait fort bien en agriculture et en tout ce qui concerne l'économie rustique. Il disait que tout ce qu'on semait le 8 des ides de février dans le territoire de Vaucluse ne pouvait manquer de réussir. (Lett. fam., liv. IX, lett. 2, et liv. XVI, lett. 6, citées par l'abbé de Sade, t. I, p. 357.)

Il avait acheté à Vaucluse quelques arpents de terre disséminés ; il y avait fait élever une maison et tracer deux jardins, desquels, plus d'une fois, il parlera à ses amis dans ses lettres. Où étaient exactement situés ces jardins et cette maison ? Tâchons d'en indiquer l'emplacement au moyen des renseignements qu'il nous fournit lui-même.

« J'ai deux jardins, dit-il, (1) qui n'ont pas leurs pareils dans le monde. Je leur ai donné le nom de *Parnasse transalpin*. L'un est ombragé, propre à l'étude, consacré à Apollon. Il est en pente, à la naissance de la Sorgue, borné par des rochers inaccessibles. » Ce jardin devait se trouver au-dessous du château des évêques, entre la rivière et la colline, là où aujourd'hui les usines se pressent au pied de cette colline. Quand on connaît les lieux, il n'est pas possible de placer ailleurs le petit domaine du poète. « Ici mon jardin est terminé, dit-il ailleurs (2), par la rivière profonde ; là, par le rocher taillé à pic, qui le soustrait au soleil du midi, et qui ne cesse de lui donner de l'ombre au milieu du jour. Le doux zéphir y pénètre sans obstacle ; au bout, un mur agreste rend cet asile inaccessible aux hommes et aux bêtes. » En faisant application de ces détails au point dont nous parlons, le doute n'est plus permis.

Quant à l'autre jardin, il le décrit d'une façon plus exacte encore : « L'autre, dit-il, est plus près de ma demeure, moins sauvage, agréable à Bacchus, au

(1) *Lett. fam.*, liv. III, lett. 1
(2) *Lett. fam.*, liv, III, lett. 3.

Le jardin de Pétrarque (dessin de KARL, d'après un croquis de L. BILL)

milieu de la rivière très rapide en ce lieu, séparé par un petit pont d'une grotte voûtée, inpénétrable aux rayons du soleil. Je crois bien que cette grotte ressemble à celle où Cicéron allait quelques fois déclamer. Elle invite à l'étude ; je m'y tiens au milieu du jour. Le matin, je me promène dans les collines, le soir dans les prairies, et quelques fois dans le petit jardin, celui qui est près de la source, où l'art essaye de lutter contre la nature. Celui-là est situé sous un rocher, au milieu des eaux ; mais s'il est étroit, l'âme s'y agrandit et s'y élève. » De la place du village, on aperçoit par delà la rivière, à l'endroit où elle décrit subitement un coude, le second de ces deux jardins : de beaux platanes y étendent leurs larges feuilles, des allées de rosiers, de lauriers et de buis y font un gracieux labyrinthe.

C'est une île. L'ombre et la fraîcheur y ont un charme indicible ; le silence, doux et solennel, n'y est troublé que par le murmure des eaux qui, à vos pieds, roulent en masses profondes, bleues et vertes, en un lit de cresson et de mousse. Il y a bien peu, dans le monde, de plus riants bosquets, de plus ravissantes solitudes. Que Pétrarque y ait écrit ses vers les plus purs, que sa pensée y ait revêtu la grâce exquise et l'incomparable harmonie qu'il a mises dans son œuvre poétique, on ne saurait s'en étonner ; et l'on comprend, à s'asseoir sous ces verdures, que la nature y soit venue au secours de sa longue souffrance, que sa passion s'y soit adoucie et apaisée.

La maison qui s'élève au midi de ce jardin n'est certainement pas la maison de Pétrarque au sens littéral du mot, mais elle en est la réédification. C'est là qu'il habitait, et quand sa demeure, abandonnée, dévastée, se fut écroulée peu à peu, elle fut rebâtie sur ses ruines, avec ses fondations, sur le même rocher, avec ses fenêtres sur la rivière, comme auparavant. Par la grotte, où il allait s'asseoir, il entendait sans doute le tunnel sous lequel passe aujourd'hui une petite rue, et dont il a pu ignorer le caractère artificiel, le travail de ceux qui l'avaient creusée étant assez rudimentaire. A moins qu'il ne s'agisse d'une autre grotte qui se trouverait comprise sous les constructions qu'on a élévées, depuis, contre les rochers qui étaient autrefois les limites du jardin, et qui, maintenant, surplombent cette petite rue.

On aime à lire les détails que Pétrarque nous donne sur son intérieur et sur sa vie intime :

« Mon logement ressemble à celui de Fabius ou de Caton. Toute ma domesticité consiste en un valet et un chien. Ce valet a sa maison qui touche à la mienne; je l'appelle quand il m'est nécessaire, et quand je n'ai plus besoin de lui, il rentre chez lui (1). Dans cet asile, point d'insolent qui nous brave, point de langue mordante qui nous déchire. Ni querelles, ni clameurs, ni bruit de guerre. On n'y connaît pas l'avarice, l'ambition ni l'envie. Il n'y a point de seigneur orgueilleux à qui l'on soit obligé de s'adresser en tremblant; tout y respire la joie, la simplicité, la liberté. C'est un état moyen entre la pauvreté et la fortune. Je mène une vie douce, modeste, sobre. Le peuple est si bon, facile à vivre, sans armes. Le

(1) *Lett. fam.*, liv. XVI, lett. 6.

seigneur, populaire et affable, aime les braves gens. Ici l'air est sain, le vent tempéré, les eaux claires, la rivière poissonneuse. On y trouve des bois épais, des grottes fraîches, des lits de gazon, des prairies émaillées de fleurs, des collines consacrées à Bacchus et à Minerve (1). Pour ce qui regarde la vie animale, je m'en occupe peu, mais je vous dirai que le gibier et le poisson sont à Vaucluse comme dans le Paradis terrestre, pour parler le langage des théologiens, ou comme dans les Champs-Elysées, pour parler celui des poètes... »

Détails charmants et touchants de la vie familière du poète! La nature suffit pour vous distraire des plus graves soucis, elle apaise les plus vives douleurs, mais à la condition qu'on l'aime et qu'on le comprenne. Nul plus que Pétrarque n'en a connu les beautés et la magique influence. C'est une note très personnelle à ce grand homme, dans son époque, où l'amour et le culte de la nature n'ont guère laissé de traces dans les œuvres littéraires. Il est, si l'on peut ainsi dire, un primitif, dans l'histoire des rapports de l'art et du sentiment. C'est un précurseur de cette école de la nature, dont cinq cents ans après, Jean-Jacques, chez nous, sera le chef. Son *Canzoniere* se ressent singulièrement de son goût pour le monde des eaux, des montagnes et des forêts. Il se passionne pour la source et pour la rivière. La tristesse des lieux, leur sauvagerie et la richesse de ces prairies, qu'entretiennent ces eaux limpides, font un contraste dont sa poésie est le miroir

(1) On sait que les consécrations de ce genre, qui dataient du paganisme, avaient survécu longtemps à l'avènement du christianisme, malgré les efforts des évêques.

fidèle. De ces tableaux sévères et doux, il empruntera tour à tour la vigueur et la grâce, la rudesse et le susurrement. Aux flots de la Sorgue, il prendra ces images si vives et si gracieuses qui font de ses poèmes des modèles éternels d'harmonie et de vérité ; de même qu'aux beautés naturelles qui l'entourent il devra le reconfort de son âme défaillante. Il prendra pour témoins de sa douleur ces rochers, ces grottes, cette vallée murmurante et chantante ; il trouvera dans cette solitude austère, dans ces bruits de l'eau quand elle mugit, dans ce silence solennel quand la source se recueille et cesse de bondir, le charme, l'apaisement et la consolation ; et, en échange, il fera de Vaucluse un lieu célèbre dans l'univers entier.

Mais Pétrarque ne pouvait pas s'appartenir long-temps. Vainement il avait fui le monde, le monde le rappelait. A Avignon, il avait laissé de nombreux amis, la famille des Colonna, son cher Lelius, son cher Socrate, son cher Sennucio del Bene et tant d'autres. Là-bas, plus loin, au-delà des Alpes, dans sa véritable patrie, il avait gardé plus que des amitiés, sa grande passion pour l'Italie libre et grande. Il n'était pas seulement le chantre d'un amour sans espoir : il préparait ses œuvres littéraires, ses traités philosophiques, son poème *Africa*, qui lui inspirait tant d'orgueil ; il écrivait ces lettres si nombreuses qui le mettaient en relation avec tous ceux qui avaient un nom dans les lettres ou dans la politique, et il faisait déjà de son nom un nom impérissable : la gloire vint donc le chercher à Vaucluse.

Un matin du mois d'août 1340 qu'il se promenait

au bord de la rivière, il reçut un courrier qui lui apportait la lettre par laquelle le Sénat romain l'invitait à aller recevoir au Capitole la couronne qui devait le consacrer comme le premier poète de son temps,

Il s'embarqua à Marseille au mois de février 1341. Robert, roi de Naples, qui exerçait en Italie une royauté intellectuelle pareille à celle qu'exerça en Provence le roi René, lui donna, dans cette ville, une sorte d'investiture préalable, et le 8 avril, à Rome, eut lieu cette importante cérémonie, si pompeusement racontée par Guy d'Arezzo et qui laissa un si profond souvenir dans l'esprit des populations de la péninsule. Les amis de Pétrarque, les frères Corrèze, venaient de s'emparer de Parme; ils le retinrent auprès d'eux pour profiter de ses conseils et de son savoir, et l'entourèrent de tant d'égards affectueux, qu'il prolongea, auprès d'eux, son séjour jusqu'à l'année suivante. Mais le cardinal Colonna, dont le jeune frère, l'évêque de Lombez, venait de mourir, le rappelait à Avignon avec une touchante insistance. Il déféra aux prières de son ami.

Clément VI ayant été appelé au trône pontifical, Pétrarque reçut des Romains la mission de prendre la parole au nom des envoyés qui venaient demander au nouveau pape de reporter le Saint-Siège à Rome. La harangue fut fort belle et fort émouvante, mais Clément fit le plus mauvais accueil à cette éloquence importune et se contenta de donner à l'orateur un prieuré dans le diocèse de Pise. Quelques mois après, il le chargeait d'une mission à Naples, où, sous la minorité de la reine Jeanne, ne régnait plus qu'une sanglante anarchie. Pétrarque, après avoir passé quelques

jours à Vaucluse, repartit pour l'Italie et pour Naples.
Son ami, le cardinal-légat Philippe de Cabassole,
évêque de Cavaillon, était allé l'y rejoindre et avait
pris la direction des affaires de la régence. Le poète
revint à Vaucluse quelques mois après, vers la fin de
1343.

« La fureur des guerres civiles m'a chassé de l'Italie,
écrivit-il au cardinal dès son arrivée; et je suis venu
me réfugier ici. J'y trouve bien des choses faites pour
me plaire : un bois, une rivière, du repos, mais je n'y
trouve pas mes amis, et sans eux, rien d'agréable pour
moi. Cependant je ne suis pas fâché d'y être, et mon
parti est pris d'y passer le reste de mes jours, si les
choses ne changent pas en Italie. C'est mon Parnasse.
Les muses, chassées de partout, y jouissent de la tranquillité qu'elles aiment. Vous pourriez en jouir aussi
si vous vouliez. Vous vous trouveriez ici mieux qu'à
Naples, comme je m'y trouve mieux qu'à Parme.

» Que les autres courrent après les honneurs et les
richesses; qu'ils soient marchands, princes ou rois, ce
qu'on voudra, j'y consens; pour moi, il me suffit d'être
poète. Mais vous, serez-vous toujours errant? Vous
verra-t-on sans cesse par monts et par chemins?
Vous connaissez les Cours des princes, les pièges qu'on
vous y tend, les soucis dont on y est dévoré, les périls
qu'on y court, les orages auxquels on y est exposé.
Croyez-moi, venez vous reposer dans votre diocèse.
Vous pouvez le faire avec honneur, pendant que la
fortune vous sourit. Vous y aurez le nécessaire de
votre état. Laissons le superflu aux avares. Nous
n'aurons point de tapisseries brillantes, mais nous
serons décemment vêtus. Nos tables ne seront pas

somptueuses, mais nous aurons de quoi vivre. Nos lits ne seront pas couverts d'or et de pourpre, mais nous n'en dormirons que mieux. L'heure de la mort marche vers nous et nous avertit de ne pas trop nous égarer dans nos désirs. Pour moi, je me borne à cultiver mes jardins. Je vais y planter des arbres fruitiers, qui me donneront de l'ombre quand j'irai pêcher sous mes rochers. Les arbres que j'ai sont vieux ; ils ont besoin d'être renouvelés. Je vous prie de me faire chercher à Naples par vos gens des pêchers et des poiriers. Je travaille pour ma vieillesse, que je vous prie de prendre sous votre protection. Voilà ce que vous écrit, du milieu des bois, votre ermite de la Sorgue. »

Et il lui écrivait encore :

« Ici, n'avez-vous pas la Sorgue ? (J'écris, en ce moment au murmure de ses eaux.) N'avez-vous pas, dans votre voisinage, la charmante retraite de Vaucluse, où vous pourriez vivre avec tant de liberté ? Ce nom est celui que lui donnent ses habitants ; il semble même que la nature voulut qu'on la nommât ainsi, quand elle l'entoura de collines, la cacha, pour ainsi dire, aux étrangers, et ne la fit connaître qu'aux habitants de ce désert. Ici, ce qui ne vous arrive pas ailleurs, vous pouvez être libre, seigneur, évêque et solitaire. Dédaigneriez-vous, par hasard, une vallée qui inspire le respect et l'admiration ? « Une grotte, » dit Sénèque, située au pied d'un rocher élevé, creu- » sée par les mains de la nature, commande une » vénération religieuse. Qu'elle grotte l'emportera sur » celle-ci ? Nous vénérons, ajoute Sénèque, les sources » des grandes rivières. » En ce cas, quelle source plus

8

sacrée? On connaît de plus grands fleuves, mais aucune source ne peut rivaliser avec Vaucluse. Si enfin, comme le dit le même auteur, l'éruption subite d'une source abondante mérite des autels, quel lieu plus favorable pour en ériger? Je prends depuis long-temps le ciel à témoin que si jamais j'en ai les moyens, j'ai le projet de bâtir une chapelle dans mon petit jardin, près de la source située au pied des rochers, non aux Nymphes ni aux divinités des fontaines, mais à la mère du Christ qui a renversé les autels et les temples des faux dieux (1). »

Une autre fois, il s'amuse à déterminer, sous une forme badine et ingénieuse, le point géographique où se trouve Vaucluse. C'est dans une lettre à Jean Colonna : « Si vous voulez venir me voir dans ma solitude, je vais vous indiquer une route bien douce... Vous pouvez y venir de Rome sans mettre pied à terre... Faites-vous transporter au bord du Tibre; descendez, sur ce fleuve, jusqu'à la mer, et, sans sortir de votre bateau, côtoyez le rivage sur la droite. Traversez le golfe de Toscane, passez devant Marseille, remontez le Rhône, bientôt vous découvrirez Arles, ses marais et ses champs pierreux, ensuite Avignon et son triste rocher (2)... Environ trois mille pas au-dessus de cette dernière ville, remontez encore la rivière limpide que vous trouverez à votre droite; cette rivière paisible est la Sorgue. Vous apercevrez

(1) *Adest tibi tuus Sorgia rex fontium, ad cujus tibi mur-mur hæc scribo...* (Lettres fam.).
(2) Devenu, depuis, le ravissant rocher des Doms, la belle promenade avignonnaise, grâce à l'intelligente initiative de M. Paul Pamard.

enfin la source merveilleuse, au pied d'un rocher qui se perd dans les nues, et vous n'irez pas plus loin, en eussiez-vous même la volonté. Afin que tout soit parfait, et que vous ayez tout à votre droite, vous me trouverez du même côté en sortant de votre barque. Hors de l'Italie, il est impossible de voir un site plus délicieux que celui de Vaucluse... »

« Ici, ajoute-t-il, je suis content de mes petits jardins ombragés et de mon étroite maison : rien ne me manque et je n'attends rien des faveurs de la Fortune. Vous verrez un solitaire qui erre dans les prairies, les champs, les forêts, les montagnes et ne s'arrête que dans les grottes mousseuses et à l'ombre des arbres. Votre ami déteste les intrigues de la cour, le tumulte des villes et fuit les palais qu'habitent le faste et l'orgueil... » Il passe ses jours dans le calme le plus profond, se félicitant d'avoir les Muses pour compagnes, le chant des oiseaux et le murmure des Nymphes pour concert. « J'ai un très petit nombre de domestiques, écrit-il encore, mais beaucoup de livres ; tantôt vous me trouveriez assis sur les bords de ma rivière, tantôt couché nonchalamment sur le gazon qui ploie ; et, ce qui n'est pas sans prix, je puis disposer de mes heures, car il est rare que je voie du monde. »

C'est à ce moment qu'il composa l'admirable canzone *Chiare, fresche et dolci acque*, si justement célèbre et dont les vers charmants vous viennent à la pensée dès que vous mettez le pied dans la vallée de Vaucluse.

Voltaire en a traduit la première partie. C'est dans le goût du XVIIIᵉ siècle, et c'est de la jolie poésie érotique telle que Voltaire en faisait. A quelle distance, cela va de soi, il est resté du sentiment intense et du lyrisme ému de l'original! Citons-le toutefois :

Claire fontaine, onde aimable, onde pure,
Où la beauté qui consume mon cœur,
Seule beauté qui soit dans la nature,
Des feux du jour évitait la chaleur;
    Arbre heureux, dont le feuillage,
    Agité par les zéphirs,
    La couvrit de son ombrage,
    Qui rappelle mes désirs,
    En rappelant son image!
Ornements de ces bords, et filles du matin,
Vous dont je suis jaloux, vous moins brillantes qu'elle,
Fleurs qu'elle embellissait quand vous touchiez son sein!
Rossignols dont la voix est moins douce et moins belle!
Air devenu plus pur, adorable séjour,
    Immortalisé par ses charmes!
Lieux dangereux et chers, où de ses tendres armes,
    L'amour a blessé tous mes sens,
    Écoutez mes derniers accents,
    Recevez mes dernières larmes!

Deux ans après son retour à Vaucluse, Pétrarque le quittait encore. En vain le cardinal Colonna, qui venait souvent le voir dans sa retraite, essaya-t-il de le retenir non loin de lui. Il alla prendre congé de ses amis et de Laure. Celle-ci pâlit en apprenant qu'il allait s'éloigner d'elle encore une fois (1). Cette humeur

---

(1) Il le dit dans le sonnet *Quel vago impallidir che' l dolce riso* : « La chère pâleur qui voila son sourire pesa lourdement sur mon front...

Vers la terre baissant son doux et beau regard,
Elle semblait me dire en son tendre silence :
Qui donc, d'un tel ami, me ravit la présence?
                    Trad. POULENC.

vagabonde du poète l'inquiétait. Secrètement elle souffrait des longues absences de son amant et des dangers auxquels l'exposaient ces voyages si périlleux dans ces temps troublés où les routes, si mauvaises et presque impraticables, étaient infestées de malfaiteurs.

Il date de Vérone, 12 mai 1345, une lettre fantaisiste à Cicéron, une amusante page d'histoire philosophique. Mais la pensée de Laure le ramenait à Avignon et à Vaucluse dans le cours de la même année. C'est alors que, descendant le Rhône, à Lyon, il disait au fleuve : « Tu descends où l'amour me mène ; marche en avant, arrête-toi dans le pays enchanté où, sur ta rive gauche, brille la radieuse beauté à laquelle j'ai voué ma vie ; baise son pied, baise sa main ; dis-lui, en un murmure, en un baiser, que si je vais lentement, mon âme a des ailes (1). »

Il eut la joie de trouver à Vaucluse son ami Philippe de Cabassole qui venait y passer quelques mois à son retour de Naples et qui, l'année suivante, en 1346, vint s'y installer de nouveau dans le château des évêques, jusqu'au jour où une nouvelle mission à l'étranger le força de quitter encore son ami et leur douce retraite.

Resté seul, Pétrarque se remit à ses jardins, qui lui donnaient, semble-t-il, bien des tracas. La crue périodique de la source les faisait envahir par les eaux qui en démolissaient les murs. Une épître, en vers latins, qu'il avait intitulée : *Ma guerre avec les Nymphes*, et qu'il adressait au cardinal Colonna, nous

(1) Sonnet 154 : *Rapido fiume che d'alpestra vena...*

fait assister aux péripéties de cette lutte contre les éléments (1) :

Le Château des évêques de Cavaillon,
D'APRÈS UNE PHOTOGRAPHIE D'ISNARD, DE CARPENTRAS.

« Vous avez peut-être entendu parler de ma guerre avec les Nymphes. Nous disputons avec elles sur les

(1) Epîtres en vers. Liv. I, ép. 1 : *Est mihi...*

limites. Voici de quoi il s'agit. Près de la source de la Sorgue, des rochers énormes s'élèvent des deux côtés dans les airs, où ils reçoivent les vents et les nuages. Des fontaines coulent aux pieds de ces rochers ; c'est là que les Nymphes règnent. La Sorgue sort d'un antre et roule à grand bruit ses eaux douces et glacées sur un lit tapissé de petits cailloux qui ressemblent à des émeraudes.

» Au milieu de ces eaux, je possède un petit champ pierreux où j'ai entrepris d'établir les Muses que l'on chasse de partout : tel est le sujet de cette grande guerre avec les Nymphes. Elles trouvent mauvais que je veuille établir des étrangères à leur place, et que je préfère neuf vieilles filles à mille jeunes vierges.

» A force de remuer des pierres, j'étais parvenu à former un petit pré qui commençait à verdoyer. Mais une troupe de Nymphes en fureur descend des rochers avec impétuosité et ravage mon pré naissant. Effrayé de cette irruption subite, je grimpe sur ma roche, d'où je découvre le mal qu'elles m'ont fait. L'orage passé, je redescends ; honteux d'avoir fui, je rétablis les choses dans leur premier état. A peine le soleil a fait le tour du monde, que les Nymphes retournent à la charge, renversent tout, et se logent sous nos antres. Plein d'indignation, je fais de grands préparatifs pour reprendre possession du logement que je destine aux Muses. Mais bientôt, obligé de partir pour les pays étrangers, et forcé d'abandonner mon entreprise, j'ai le bonheur de ramener dans le pays latin les Muses qui ne s'y attendaient pas, et je les installe au Capitole.

» Six ans s'écoulent. Je traverse plusieurs fois la

mer; je passe et repasse les Alpes; enfin, de retour
dans ma solitude, je n'y trouve plus aucun vestige de
mon ancien travail. Mes ennemies avaient profité de
mon absence pour s'emparer encore une fois de mon
terrain. Elles y avaient établi les poissons qui s'y pro-
menaient tout à leur aise

» Plein de colère, je reprends les armes. Je ras-
semble sous mes drapeaux le pâtre, le laboureur et le
pêcheur. Le soleil, la lune et la canicule semblaient
concourir à mon entreprise. Nous détachons avec le
fer des rochers énormes que nous roulons; nous
ouvrons les entrailles de la terre et lui arrachons les os.
Enfin, nous venons à bout de chasser une seconde fois
les Nymphes du terrain qu'elles avaient envahi, et
nous remettons les Muses à leur place.

» En précipitant leurs eaux sur les rives de mon
champ, les Nymphes voient avec douleur notre
triomphe et leurs pertes. Jusqu'à présent, elles ne nous
ont fait entendre qu'un vain murmure et des menaces
qui n'aboutissent à rien. Mais je connais leur ruse et
je devine leur projet. Elles attendent que le Verseau
ait répandu son urne, que les neiges et les glaces aient
couvert les montagnes, dans l'espérance qu'alors le
gouffre vomira à pleine bouche des flots écumeux qui
viendront à leur secours. Mais j'ai pourvu à tout. De
gros rochers, que j'ai rassemblés avec peine autour de
mon terrain, le mettent à l'abri de nouvelles attaques.
Je ne craindrais même pas toutes les eaux du Pô et de
l'Araxe. J'ai déjà placé les Muses dans ce nouveau
Parnasse. On y voit le mont à deux sommets, l'Hypoc-
rène, la forêt des poètes, etc.

» Si vous préférez le repos des champs aux agita-

tions de la ville, venez en jouir ici. Que la chère grossière que j'y fais et la dureté de mes lits ne vous
rebutent point. Les rois mêmes, dégoûtés des mets les
plus exquis, recherchent quelquefois des aliments
communs; la variété leur plaît; un plaisir interrompu
n'en devient que plus vif. Mais si tel n'est pas votre
avis, qui vous empêche d'apporter avec vous des mets
plus fins, des vins du Vésuve, votre vaisselle d'argent,
et tout ce qui peut flatter les sens? Reposez-vous sur
moi pour tout le reste. Je vous promets un lit sur le
gazon à l'ombre des arbres, le concert des rossignols,
des figues, des raisins, de l'eau fraîchement puisée à la
rivière; en un mot, tout ce qu'on peut avoir des mains
de la nature, source unique des vrais plaisirs (1). »

Cette guerre se termina par la défaite de Pétrarque
et une paix honorable s'en suivit. Pétrarque fit de
sages concessions, et la Sorgue laissa debout ses
jardins et ses murs. C'est là l'objet d'une autre épître
en vers au même cardinal Colonna, qui prenait goût
à cette correspondance familière et poétique, distraction du penseur dans sa solitude :

« Il y a dix ans que cette guerre a commencé; le
siège de Troie et la conquête des Gaules, par nos pères,
n'ont pas duré plus longtemps. J'ai tout tenté sans
succès. L'hiver détruit toujours mes ouvrages de l'été.
Enfin, la Naïade de la fontaine triomphe, je lui rends
les armes. Mon terrain est emporté; plus de digues,
plus de rochers pour arrêter les eaux; elles couleront
désormais en toute liberté. Je ferai comme le pilote,
qui observe d'où vient le vent et manie son gouvernail

---

(1) L'abbé Arnavon, p. 116 et suivantes.

en conséquence. C'était un grand plaisir pour moi de chasser les Nymphes de leur empire ; mais il fallait recommencer tous les ans à nouveaux frais. L'été favorisait mes projets, l'hiver rendait à mes ennemies ce que je leur avait enlevé. S'il était permis de mettre les travaux d'un poète en parallèle avec ceux des plus grands princes, je comparerais mon entreprise à celle de Xercès, qui construisit un pont sur l'Hellespont ; à celle de César, qui osa lier avec des chaînes les cornes de Brindes ; à celle de Caligula, qui donna sur la mer des Bayes le troisième spectacle d'un orgueil insensé.

» Un nouveau projet me préoccupe : je vois qu'il est impossible de vaincre la nature et de forcer les éléments. Je laisse à la rivière son libre cours. Il y a au pied de mes rochers un petit coin qui appartenait aux Nymphes et qu'elles m'abandonnent. C'est là que j'ai définitivement établi mes Muses. Ce coin leur suffit, parce qu'elles y seront tranquilles, avec peu de visites, car le public ne les aime pas. J'y ai fait un rempart tel que, pour le forcer, les Nymphes seraient obligées de saper les fondements de la montagne.

» Si vos occupations et les affaires de la Cour pontificale vous laissent quelques moments de liberté, venez voir ce nouvel état de choses. J'ai la paix. Nous avons fait des concessions réciproques. A présent, me voilà devenu pêcheur. Je n'ai plus pour armes que des filets, des hameçons et des tridents, avec lesquels je harponne le poisson dans un espèce de labyrinthe fait avec des joncs, que l'eau traverse et où il vient s'enfermer lui-même... »

L'année 1346, il la passa presque entière à Avignon,
dans le palais des Colonna où ces derniers lui donnaient l'hospitalité la plus tendre. Les affaires de la
Cour, la charge des Colonna dont il était le conseil, les
fêtes qui se donnaient dans la ville papale, tout cela
l'y retenait malgré lui; mais il se dérobait souvent
pour aller passer quelques jours à son cher Parnasse.
Voici une lettre charmante qu'il écrivait pendant un
de ces voyages furtifs à un de ses amis, le lettré
Guillaume de Pastrengo, avec lequel il a échangé une
nombreuse correspondance et qui avait plusieurs fois
séjourné à Vaucluse auprès de lui :

« L'ennui de la ville, l'amour de la campagne
m'ont fait faire une petite course à cette source qui
a la vertu de donner des ailes à l'esprit et d'échauffer la
verve des poètes. Rappelez-vous ce champ couvert de
pierres que vous avez bien voulu m'aider à défricher.
Vous y verriez à présent un jardin plein de fleurs. Il
est borné d'un côté par la Sorgue, de l'autre par des
rochers fort élevés, exposés au couchant et qui, au
milieu du jour, le couvrent de leur ombre. Une mu-
raille l'enferme et en défend l'entrée du côté du midi.
Les oiseaux viennent faire leurs nids près de ces rochers; les uns les tapissent de mousse, d'autres de
feuilles. C'est un spectacle charmant que de regarder
ces petits animaux qui viennent d'éclore essayer en
tremblant leurs ailes naissantes et saisir d'un bec
timide la becquée qu'on leur apporte. Hélas ! je n'ai
pu passer qu'une journée dans cet aimable séjour. Je
ne parviens pas à me tirer des filets où me tient en-
gagé la Cour romaine. J'ai mérité mon sort car j'ai

repris le joug et des chaînes dont je connaissais tout le poids.

» En me promenant dans les prés, sur les bords de la Sorgue, où je passe en revue les arbres que j'ai greffés moi-même, les lauriers que j'ai fait venir de l'étranger, je vois de tout côté l'image de mon cher Guillaume. Ce tertre où nous nous sommes reposés, ce gazon où nous nous sommes étendus, ces bords de l'eau où nous faisions des ricochets sur l'onde qui coulait à nos pieds, tout le remet sous mes yeux. C'est ici que nous rappelions ensemble les Muses de leur long exil. C'est ici que nous étions heureux de comparer les poètes de Rome à ceux de la Grèce; c'est là que, nous abandonnant aux charmes de nos libres entretiens et à l'abri de toute contrainte, nous aurions oublié le dîner si la nuit ne nous y avait fait penser. »

Puis, vient, dans la même lettre, un joli croquis, une anecdote lestement troussée.

« Pendant que je me livre tout à ces idées fort agréables, le temps fuit, le jour passe, il faut partir. J'étais à peine sorti des gorges qui sont le fond de la vallée, pareille à celle de Tempé, que je vis la nuit déplier ses voiles. Doublons le pas. Comme je côtoyais les bords de la rivière, je vis un groupe d'hommes et de femmes mêlés; ils venaient à ma rencontre. Le luxe de France qui a si bien confondu les vêtements des deux sexes, ne me permettait pas de distinguer exactement. On se rapproche, les visages, les traits se dessinent. Tout ce monde était couvert de rubans, de colliers, de perles, de coiffures, de bagues, d'ornements pour la tête, d'habits brodés de pourpre. On se

salue. Quelle agréable surprise, mon cher Guillaume !
Je venais de reconnaître celle qui fait battre votre
cœur. Quel visage ! quels traits, mon cher ! Si elle
avait eu un arc et un carquois j'aurais dit : c'est Diane.
J'ai lu, mon ami, j'ai lu avec plaisir, ce qu'il y avait
dans les yeux de cette Nymphe. Dès qu'elle m'a reconnu, elle m'a pris la main et nous nous sommes
mis à causer. J'ai cru devoir adresser la parole à toute
la troupe. — Sans indiscrétion, où allez-vous ? — Naturellement, nous allons voir la célèbre fontaine. Mais,
pour la personne, j'ai bien vu, moi qui n'étais pas
dupe, que la partie avait un autre objet. L'amour
suggère mille ruses quand le cœur s'en mêle et commande. Cette belle dame savait que vous demeuriez
ici quelquefois ; et ne vous trouvant plus nulle part,
elle a pris prétexte de cette promenade à la Fontaine
de Vaucluse pour y venir chercher au moins vos
traces. Voilà ce que j'ai cru deviner en la regardant,
et tout autre aurait eu la même idée que moi. Elle
marchait vite. Assurément dans ces lieux elle ne
voyait que vous, ne pensait qu'à vous. J'ai tenu à
l'accompagner jusqu'à la source. Il me semblait vous
voir, vous entendre ; toute la conversation a roulé sur
vous. Nous ne pouvions pas nous quitter et je crois
que je serais encore avec elle si la nuit n'était pas
venue enfin nous séparer. »

A cette même époque, Pétrarque était moins malheureux avec Laure. C'est alors qu'elle lui disait, un
peu départie de ses rigueurs trop sévères : Mon poète,
vous ne m'aimez plus, vous en aimez une autre et vous
vous servez de mon nom pour chanter ma rivale.

Et cependant, il l'aimait depuis près de vingt ans.
Ici se placent les protestations de son cœur que nous
avons rappelées : — Non, non, c'est vous seule que
j'aime, c'est Rachel et non Lia que je sers ! Et cependant, comme nous l'avons dit, cet amour avait perdu
sa violence, ce n'était plus qu'une flamme douce et
pure, et le poète, qui n'espérait plus, ne faisait plus
que glorifier sa bien-aimée. Il écrivit alors ce sonnet :

« Le stelle, e'l cielo, e gli elementi a prova...

« Le ciel, les étoiles, les éléments, de concert, em-
ployèrent toute leur puissance à former cette beauté
resplendissante, dans laquelle se mirent et se com-
templent la nature et le soleil lui-même. Car, en aucun
lieu du monde, le soleil n'éclaire un être qui puisse
être comparé à celui-ci par l'éclat de ses perfections.
Ses yeux, d'où sortent la grâce, la douceur et l'amour,
sont si brillants que le regard des mortels ne saurait
les fixer. Les rayons de ses yeux purifient l'air qu'ils
traversent et l'atmosphère autour d'elle devient telle
que la parole n'en peut exprimer la suavité ni la pensée
la concevoir. Près d'elle, nul désir que des désirs de
vertu, d'honneur. Est-il jamais arrivé qu'une femme,
comme a fait celle-ci, ait vaincu par son extrême
beauté toute pensée matérielle dans celui qui l'adore ? »

Il allait et venait de Vaucluse à Avignon, d'Avignon
à Vaucluse. Il continuait de chérir sa solitude. Mais
un événement extraordinaire vint encore l'y arracher.
Rienzi, le fameux tribun, venait d'entrer en scène.
Nous avons dit plus haut les liens qui l'unissaient à
Pétrarque. Pétrarque l'avait vu à Avignon lorsque,

délégué du peuple romain, le fils du cordonnier était venu solliciter de Clément VI le rétablissement du Saint-Siège dans la ville éternelle.

Maintenant Rienzi était le maître de Rome qu'il avait soulevée, il semblait même qu'il allait devenir le maître de l'Italie. Pétrarque résolut de se rendre auprès de lui pour le soutenir dans son entreprise. Il avait foi dans le tribun, sa cause était celle que lui-même avait si longtemps soutenue.

Clément VI, cette fois encore, voulait le retenir à Avignon. Il lui offrit des dignités et des charges productives. Mais Pétrarque refusa tout : quelques bénéfices sans charge d'âme suffisaient à son ambition, à ses modestes goûts, à ses besoins limités. Ses principales dépenses étaient celles que lui occasionnaient ses voyages si fréquents ; mais ses amis et ses protecteurs, les Colonna, les Bologne, les Cabassole, le pape lui-même, y pourvoyaient en lui attribuant des missions rémunérées. Il partit. C'était en novembre 1347.

Cette fois, en faisant à Laure ses adieux, il ne savait pas qu'il ne devait plus la revoir. Nous avons raconté cette dernière entrevue, si triste, qui précéda de quelques mois la mort de sa maîtresse.

Les nouvelles qu'il reçut en route de Rienzi, dont l'attitude lui causa les plus pénibles déceptions, le décidèrent à ne pas aller jusqu'à Rome. Il préféra se rendre à Parme. C'est là qu'il apprit, après la mort de Laure, celle du cardinal Colonna et celles de ses deux amis, Luc Chrétien et Mainard Accurse. Ces deux derniers, que rien ne retenait plus à Avignon depuis qu'ils avaient perdu le cardinal, de la maison duquel ils avaient fait partie, s'étaient décidés à aller rejoindre

Pétrarque. Ils traversaient les Apennins lorsqu'ils tombèrent dans les mains d'une troupe de brigands et furent massacrés. Une lettre qu'il leur écrivait de Parme quelques jours avant d'apprendre leur mort tragique, nous révèle bien l'état de son esprit :

« Ebranlé par les prières réitérées de Socrate, je lui avais fait espérer mon retour dans ce pays (Vaucluse) si ce que j'avais proposé pouvait réussir, c'est-à-dire si on m'y procurait un établissement qui me fournît un prétexte honnête pour y demeurer et qui me donnât, en même temps, des moyens d'y vivre avec mes amis et d'y recevoir convenablement les personnes qui sont dans l'usage de venir m'y voir. Mais les choses ont bien changé de face depuis. Notre maître est mort, nous voilà tous dispersés. Le pauvre Socrate est resté tout seul à Avignon ; une habitude invétérée l'y attache ; il n'est pas douteux qu'il voudrait nous y voir tous réunis, et moi plus que les autres. Mais comment oserait-il nous proposer d'aller dans un pays où, n'ayant plus le lien qui nous unissait, nous serions tous comme des étrangers sans appui et sans domicile ?

» Si nous avions le sort de ces âmes heureuses dégagées de l'assujettissement de leur corps, qui habitent les Champs-Elysées, et à qui ils ne faut que des bois sombres, des lits de gazon au bord d'un fleuve, des prés arrosés par des ruisseaux, certes Vaucluse nous donnerait tout cela. Mais des âmes qui traînent des corps avec elles ont besoin de quelque chose de plus. On croit généralement que les poètes et les philosophes sont de pierre. On se trompe, ils sont de chair.

Nous trouverions à Vaucluse, comme autrefois, une diversion agréable quand nous serions fatigués de la ville. Mais beaucoup de choses nous manqueraient, de celles qui sont indispensables pour un long séjour.... Vaucluse est un lieu où la nature a prodigué ses délices, surtout en été. Personne ne fut plus sensible que moi aux charmes de cettte solitude. Je l'ai prouvé par un séjour de dix ans que j'y ai fait. Si je ne craignais d'être taxé d'une vanité ridicule, je dirais qu'elle ne doit pas regretter de m'avoir eu pour hôte, et que, malgré les merveilles de sa source, Vaucluse est plus connue de bien des gens à cause de moi qu'à cause d'elle. Je l'ai embellie le mieux que j'ai pu par les constructions que j'y ai élevées, et je l'ai illustrée par mes vers que je regarde comme un fondement plus solide pour sa réputation que les constructions dont je parle.

» C'est à Vaucluse que j'ai composé mon poème *l'Afrique* qui me fait frémir quand je pense à l'importance de cette tentative littéraire. J'y ai écrit une partie de mes *Lettres* en prose et en vers. Presque toutes mes *Eglogues* y ont été faites en très peu de temps. Mes deux traités *de la Vie solitaire* et *du Loisir religieux* sont sortis de cette retraite, et j'y ai fait aussi l'esquisse de la *Vie des grands Hommes* de tous les pays et de tous les siècles dont j'ai essayé de rassembler les portraits.

» Dès ma jeunesse, cette source m'avait paru propre à tempérer les feux dont vous savez que j'ai brûlé longtemps. Je m'y réfugiai comme dans un port. Hélas ! je ne savais pas ce que je faisais : il s'en fallait bien que ce remède me suffît. Les soucis qui me

9

rongeaient ne me quittaient pas un instant. Seul, livré à moi-même, sans secours, sans soutien, j'y souffrais plus cruellement qu'ailleurs. Toujours dévoré d'une flamme que toutes les eaux de la source n'auraient pu éteindre, je remplissais le beau vallon qu'arrose la Sorgue de mes gémissements et de mes plaintes dont l'écho a partout retenti et dont on a bien voulu trouver douce la forme harmonieuse que je leur avais donnée. De là tous ces chants en langue vulgaire, dont j'ai aujourd'hui quelque honte et quelque regret, mais qui ont le don de plaire à ceux qui souffrent du mal dont j'ai souffert.

» De tels souvenirs me rendront toujours chère cette solitude. Mais il me semble que ce qui convient à la jeunesse ne convient pas toujours à l'âge mûr. Je ne voyais alors rien de mieux. Ma jeunesse, mon inexpérience, mon attachement au cardinal me présentaient les choses sous un certain jour. J'aimais mieux être, là, sous la dépendance de notre cher Seigneur que de vivre loin de lui... Mais, hélas ! nous avons perdu dans le même naufrage tout ce que nous avions de plus cher. Ajoutez, ce dont je ne puis parler sans soupir, qu'une catastrophe imprévue a renversé ce beau *laurier* qui me faisait préférer non seulement la Sorgue, mais même la Durance, au Tessin...

» Cependant, voyez quelle est la force de l'habitude (mon amitié n'a rien de caché pour vous), le sentiment combat en moi la raison, je souffre à l'idée de renoncer à Vaucluse et je sens un attrait intérieur qui m'y porte malgré moi. » (1)

(1) L'abbé Arnavon. *Loc. cit.*

Ses lettres de cette date respirent toutes la tristesse et l'abattement : on sent, à les lire, qu'un grand événement a traversé la vie du poète, qu'une grande douleur a brisé, foudroyé son âme. On dirait que sa pensée est comme une plage désolée, ravagée par la tempête : des souvenirs y flottent comme les épaves de son passé. Il semble qu'arrivé à ce moment de la vie, il ne soit plus que la moitié de lui-même. « Notre jeunesse est morte, écrit-il à ses amis, les illusions ne nous sont plus permises ! » Tout ce qu'il écrit à cette époque se ressent de cette inquiétude et de ce découragement ; il est frappé pour la première fois de ce mal qui sera celui de sa vieillesse, l'ennui, l'ennui des grands cœurs que rien ne rattache plus à ce monde et pour lesquels ce monde est un exil.

Du reste, on était alors dans la plus sombre année de ce sombre quatorzième siècle. La peste n'avait pas cessé d'exercer ses ravages ; l'Italie était toujours en proie.à ses dissentions sanglantes, la guerre sévissait partout, des inondations terribles avaient eu lieu dans toute l'Europe, des incendies inexpliqués avaient détruit des villes entières, et des tremblements de terre, qui s'étaient fait sentir en France, en Allemagne, en Italie, ébranlèrent les plus beaux monuments de Rome. (1)

Le Sénat de Florence offrit à Pétrarque, « à révérend seigneur François Pétrarque, chanoine de Padoue,

---

(1) Le 25 janvier, dit Pétrarque, j'étais dans ma bibliothèque ; je sentis la terre trembler sous mes pieds avec un grand bruit. Mes livres furent renversés de leurs tablettes. Je sortis de ma chambre saisi d'effroi, et je vis mes domestiques et tout le peuple de Vérone dans la plus profonde consternation (PÉTR. Senil. Liv. II, lett. 2). .

poète couronné », la restitution des biens de son père, confisqués pendant les troubles civils des premières années du siècle, et lui proposa de se fixer dans cette ville, sa patrie. « Nous nous flattons que vous n'irez plus chercher ailleurs, disait la lettre du Sénat, les applaudissements qui vous sont dus et la tranquillité qui vous est chère ».

Boccace, son meilleur ami, avait été chargé de lui porter ce message. « J'ai assez vécu, mes chers concitoyens, répondit Pétrarque ; suivant la parole du sage, il faut mourir quand on n'a plus rien à désirer ici-bas. »

Il s'était cependant décidé à établir sa résidence à Florence, pour déférer à d'aussi touchantes propositions, qui étaient à ses yeux un hommage à la mémoire de son père. Mais Vaucluse encore une fois l'attira.

« Vous savez, écrivait-il à un de ses amis (1), que j'avais résolu de ne plus retourner à Vaucluse. Mais je ne puis pas résister à la tentation qui vient de s'emparer de moi et qui m'y pousse irrésistiblement. Ce que je puis alléguer de plus raisonnable pour expliquer ces tergiversations de mon esprit, c'est l'amour du repos et de la solitude. Trop connu, trop recherché dans ma patrie, entouré même de flatteries qui vont jusqu'à la satiété, je cherche un endroit où je puisse vivre seul, inconnu, obscur. Rien ne vaut décidément pour moi la vie paisible et solitaire. L'idée de me retirer à Vaucluse l'emporte en moi sur tout. Vaucluse est toujours présent à ma pensée, avec tous ses charmes. En me reportant par le souvenir à ces collines, à ces

(1) Lett. fam. Liv. II, lett. 12.

sources, à ces bois si propices à mes études, j'ai ressenti au fond de l'âme une joie inexprimable... Cette solitude, grâce au long séjour que j'y ai fait, est devenue ma seconde patrie. Mon projet d'y mettre la dernière main à quelques ouvrages que j'ai commencés m'absorbe entièrement. Ajoutez-y mon désir pressant de revoir mes livres, de les tirer de leurs coffres pour leur faire voir la lumière du jour et les tenir ouverts sous les yeux de leur maître. Enfin, si je manque à la parole que j'avais donnée à mes amis de ne plus les quitter, ils voudront bien me pardonner : c'est l'effet de l'inconstance naturelle à l'esprit humain. Pour lui échapper, il faut être de ces hommes exceptionnels qui ne perdent pas un instant de vue la perfection. L'uniformité est mère de l'ennui, on l'évite en changeant de place. »

Cette fois, il amenait à Avignon son fils Jean, auquel, après lui avoir accordé des dispenses à cause de son jeune âge, Clément VI conféra un canonicat à Vérone.

Sa jeune fille était restée à Florence, confiée aux soins de Boccace.

Sa pensée intime, en ce moment, était de tenter un dernier effort auprès du pape, pour le décider à reporter à Rome le siège de la papauté. On a vu que ce fut là a préoccupation dominante de toute sa vie.

« Mon intention, écrivait-il à un ami au cours de son voyage (1), est d'aller chercher sur les bords du Rhône ce pontife romain que nos ancêtres révéraient

(1) Lett. fam. Liv. II, lett. 6.

sur les bords du Tibre et que nos neveux iront peut-
être adorer sur ceux du Tage... J'irai donc chercher où
je pourrai celui qui n'est pas où je voudrais. Après
avoir dit un éternel adieu à quelques amis qui me
restent (à Avignon), je fuirai, comme dit Virgile, *des
terres barbares et un rivage avare.* J'irai me réfugier
près de ma fontaine, au milieu des bois, des fleurs et
des livres qui m'attendent depuis quatre ans. J'y pas-
serai le reste de l'été, dans le repos. Si je reprenais
mes vieilles habitudes, je craindrais de détruire mon
corps par les chaleurs excessives, quoique je l'aie accoutumé dès l'enfance à tout souffrir. En réalité, si
je tiens à le ménager un peu, c'est pour pouvoir le
tourmenter davantage. »

Arrivé à Vaucluse le 26 juin de l'année 1351, il
prévenait de son retour son vieil ami Philippe de Cabassole qui se trouvait alors à Cavaillon.

« J'irai vous voir, lui écrivait-il, dès que j'aurai
secoué la poussière de mon long voyage et que j'aurai
fait mes ablutions dans la Sorgue. » Et à sa lettre, il
joignait ces vers latins dans lesquels il saluait en
termes émus le vallon de Vaucluse :

Valle locus Clausâ toto mihi nullus in orbe
   Gratior et studiis aptior ora meis.
Valle puer Clausâ fueram, juvenemque reversum,
   Fovit in aprico Vallis amœna situ.
Valle, vir in Clausâ meliores dulciter annos
   Exegi et vitæ candida fila meæ.
Valle senex Clausâ, supremum ducere tempus,
   In Clausâ cupio, te duce, valle mori.

Cette fois, en revenant à Avignon, il n'y retrouvait

plus celle qui, auparavant, l'y ramenait; celle dont la vue le consolait, celle dont le voisinage suffisait à lui rendre si doux le séjour de la vallée de Vaucluse. Il vint, sans doute, s'agenouiller et verser d'amères larmes sur la tombe de la bien-aimée. N'est-ce point en sortant de l'église des Cordeliers qu'il écrivit ce sonnet, l'un des plus beaux du *Canzoniere*, qui commence ainsi : *Ite, rime dolenti, al duro sasso?* « Allez, mes vers plaintifs, vers la pierre qui cache mon cher trésor; appelez celle qui, maintenant, ne peut plus me répondre que du haut du ciel alors que sa dépouille mortelle repose en un obscur caveau.

» Dites-lui que plus que jamais, la vie m'est un fardeau et que je suis las de voyager sur cette mer horrible.

» Dites-lui que, depuis qu'elle est morte, comme je faisais de son vivant, je ne fais que parler d'elle pour que le monde la connaisse et l'aime.

» Mais que dis-je ? Ne vit-elle pas toujours, puisqu'à présent elle est immortelle! Je la prie d'être attentive au moment de ma mort, qui est bien proche, afin qu'elle puisse, à ce moment suprême, m'appeler, venir au-devant de moi et me faire à côté d'elle une place pour l'éternité. »

Nous avons signalé, dans une des dernières lettres de Pétrarque, son découragement et l'affaissement de son esprit. Mais, il semble qu'une réaction s'accomplisse à cette heure, et qu'il reprenne pour un temps son énergie et la puissance de son génie. C'est l'amour de sa propre gloire qui, chez lui, accomplit ce miracle et aussi ce qu'il croit devoir à la gloire de Laure. L'activité de sa pensée redouble; ses chants, interrompus, recommencent plus purs et plus beaux, plus émus et plus harmonieux que jamais. « Il répandait son génie comme la Fontaine de Vaucluse répand ses eaux, sur tous les sujets et avec une intarissable abondance. » (1)

Il écrit à cette époque : « Les nœuds qui me liaient sont brisés, les yeux auxquels je voulais plaire sont fermés, rien ne me plaît davantage que d'être dégagé de ces liens et libre. » Il s'exalte, rêve, pense, travaille plus ardemment qu'en ses meilleurs jours d'autrefois et, dans une sorte de nouvelle vie et de sève remontante, il redemande au vallon ensoleillé où chantent les cigales, où bondissent les eaux, où bruissent les bois, des inspirations fécondes. C'est toute une dernière jeunesse de cette noble intelligence, de ce cœur expansif qui toujours déborde. Et comme sa douleur participe de cette reviviscence de tout son être, les sonnets et les canzoni *post mortem* en sont aussi touchants et attendris qu'en tout le reste de son livre d'amour. « Amour qui, dans le temps heureux, m'accompagnais sur ces rives propices à nos pensées, fleurs, feuillages, herbes, ombrages, grottes, brises suaves, vallées closes, hautes collines, plaines qui vous ouvrez au soleil, où je trouvai un port pour calmer mon amoureux tourment et mes alarmes si vives et si cruelles! O des vertes forêts habitantes nomades, Nymphes, vous qu'abrite et nourrit le lit frais et jonché du liquide cristal! Mes jours, autrefois si sereins, sont maintenant aussi ténébreux que la mort..... Re-

(1) Lamartine.

garde, belle âme, regarde le grand rocher où la Sorgue a sa source, et là tu verras quelqu'un qui, seul, au milieu des herbes et des ondes, se repaît de ton souvenir et de sa douleur. » (1).

Clément VI s'était vivement attaché à lui et se plaisait à son intimité. Il cherchait à le retenir le plus souvent possible à Avignon, à sa Cour où, en ce moment, le pontife ami du faste, multipliait les fêtes. Mais Pétrarque, un manuscrit de Cicéron sous le bras, s'enfuyait à son Vaucluse, s'y renfermait encore.

« Votre Cicéron, écrivait-il à l'ami qui lui avait prêté un exemplaire de son auteur favori, a été étonné de l'originalité du site, qu'il n'avait pas vu, sans doute, quand il fit le voyage de Narbonne. Il est entendu que sa maison d'Arpium, dont il fait une description si agréable, n'est pas entourée d'eaux plus fraîches, plus limpides que celles de la Sorgue.

» En vérité, cette fontaine ne le cède ni à la nymphe de Campanie, ni à l'Aréthuse de Sicile. Elle est éloignée du grand chemin, ce qui fait apparemment que Cicéron ne l'a pas vue. Il faut venir la chercher exprès, par curiosité ou pour y goûter les douceurs du repos. Pour moi, quand je suis hors de l'Italie, je ne respire qu'à Vaucluse. » (2).

C'est alors qu'il engage sa polémique avec les médecins du pape, objets de sa haine et cibles de ses *Invectives*. C'est alors qu'il écrit sa fameuse *Epître à la postérité*, pages de ses confidences où les biographes

(1) Sonnets 262 et 264.
(2) L'abbé Arnavon, p. 213.

ont tant puisé. C'est alors qu'il écrit sa lettre contre les métromanes de son temps. C'est alors qu'il soutient sa dernière lutte contre la bienveillance du pape, qui veut faire de lui un dignitaire malgré lui et qui lui délègue les cardinaux de Talleyrand et de Bologne pour le persuader et le séduire. « La fortune acquise au détriment de la liberté, répondit-il, c'est la misère. » Et, racontant cet épisode à un ami : « On m'a traîné, dit-il, aux pieds de celui qui ouvre le ciel avec les doigts, et qui gouverne les astres par le mouvement de son bonnet. Seul contre tous, que pouvais-je? Triste et consterné, j'allais présenter ma tête au joug lorsque la fortune m'offrit une porte pour me tirer d'affaire. »

Il s'en tira et revint à Vaucluse. « Ah! vous voulez donc savoir ce que je fais moi-même, conte-t-il à son ami Simonide. Je me lève à minuit; je sors à la pointe du jour; j'étudie dans la campagne comme dans ma chambre; je lis, j'écris, je rêve, je combats la paresse; je chasse le sommeil, la paresse, les plaisirs. Je parcours les montagnes gelées, les vallons humides; j'arpente souvent les deux bords de la Sorgue, seul avec mes soucis. Ils s'apaisent un peu tous les jours. Je les place tantôt devant, tantôt derrière. Je songe au passé, j'essaye de regarder dans l'avenir... Ici, je sais trouver même Athènes, Rome, Florence, selon ce que veut mon esprit. Je jouis, par le souvenir de tout ce que j'ai aimé, de la société de tous les amis avec lesquels j'ai vécu et de ceux qui sont morts avant ma naissance, et que je ne connais que par leurs ouvrages. » (1).

(1) Lett. fam., Liv. XV, lett. 8.

Clément VI venait de mourir. Les cardinaux de Talleyrand et de Bologne décidèrent Pétrarque à se rendre à Avignon pour y adresser, malgré ses répugnances, ses félicitations à Innocent VI, le nouveau pape. Mais Pétrarque n'était pas plus tôt arrivé à la ville qu'un messager vint lui apprendre la mort subite de Raymond Monet, ce fidèle valet dont nous l'avons entendu faire l'éloge et pour lequel il s'était pris d'une vive affection. Il repartit tout de suite pour Vaucluse sans voir le pontife : « J'ai perdu mon gardien, écrivait-il aux cardinaux, le gardien fidèle de ma maison et de ma bibliothèque chérie. Cet homme rustique, que je ne saurai trop regretter, avait plus de sagesse et d'urbanité qu'on n'en pourrait trouver dans les villes. C'était le serviteur le plus fidèle qu'on ait jamais vu. Aussi, lui avais-je confié tout ce que j'avais de plus cher au monde. J'ai été absent de Vaucluse trois ans ; à mon retour, je n'ai rien trouvé dans ma bibliothèque, je ne dirai pas d'égaré, mais même de dérangé. Il ne savait pas lire et il aimait les lettres. Il avait un soin tout particulier de mes livres les plus rares qu'il savait discerner, comme il savait discerner les ouvrages anciens des miens propres. Quand je lui disais : Voici un livre que je te confie, soigne-le bien ! il le serrait contre sa poitrine en soupirant et s'en allait en répétant à voix basse le nom de l'auteur. On aurait dit de ce brave ignorant que regarder, toucher un livre le rendait heureux. Il a passé quinze ans auprès de moi. Je lui confiais mes plus secrètes pensées, et sa maison était pour moi le temple de la loyauté. Je le quittais avant hier légèrement malade, pour me rendre à vos ordres ; c'était un vieillard sain et frais, il est mort hier en me demandant souvent, le pauvre homme, et en invoquant le nom du Seigneur. Sa mort me jette dans une grande affliction, mais je le regretterais davantage si son âge avancé ne m'avait pas fait prévoir que je le perdrais bientôt. Illustres prélats, laissez donc chez lui un homme dont la présence ne peut vous être utile; son champ et ses livres le réclament ici et ont besoin de lui. »

On accepta ses excuses et il ne retourna point à Avignon. Cette année, 1352, il travailla beaucoup, écrivit beaucoup. Celles de ses lettres familières qui portent cette date, pleines, comme les autres, de renseignements sur sa vie intime, sont empreintes plus que jamais de cette philosophie du sage qui se contente de peu, sans ambition, plein de pitié pour tous, et dont la vieillesse généreuse élargit l'esprit et le cœur.

Un jour, il partit pour Montrieux, en terre provençale, où son frère, ce Gérard avec lequel il avait passé de si douces et aussi de si triste années dans leur jeunesse, était maintenant abbé d'un monastère de Chartreux : « Quel sujet de joie et de gloire, disait-il en parlant de lui, d'avoir un frère si vertueux! » Il venait l'embrasser et lui faire part du désir qu'il avait de s'en aller vivre ses dernières années sur leur terre natale.

Les seuls amis qui lui restaient étaient en Italie; la solitude de Vaucluse, où il avait voulu revenir encore, n'était plus seulement la solitude du corps, c'était celle de l'esprit et de l'âme. Sa fille bien aimée était à Florence, où elle grandissait en beauté, en vertu, près de la famille de Boccace, qui rappelait le père

dans les termes les plus affectueux. Les Visconti
de Milan, le Sénat de Florence, le Sénat de Venise
lui adressaient chaque jour des témoignages répétés
de leur admiration et des invitations plus pressantes.
« Venez vous fixer auprès de moi, lui écrivait le doge
André Dandolo, rien n'y troublera votre repos. — Venez à Naples, lui écrivait de cette ville Nicolas Accia-
zoli, qu'il avait connu auprès de Philippe de Cabassole en 1343, nous ferons votre bonheur. » Son vieux
Lélius avait abandonné Avignon et s'était retiré à
Rome. L'empereur Charles IV n'avait pas encore dis-
sipé entièrement les illusions du patriote, qui espérait
en lui et qui pensait pouvoir le rencontrer un jour au-
delà des Alpes, pour exciter sa mollesse et lui inspirer
quelque action décisive en faveur de la grande cause
italienne.

Toutes ces raison décidèrent Pétrarque à partir. Il
quitta Vaucluse, pour n'y plus revenir, au mois de
mai 1353.

Il y avait passé plus de quinze ans, dans ses divers
séjours successifs.

On a vu combien il aimait cette solitude.

Dans son *Epître à la postérité*, il a consigné lui-
même tout ce que lui ont valu d'inspiration féconde ce
vallon et cette source témoins de ses longues méditations : « Je serais trop long si je racontais tout ce que
j'ai fait dans cette retraite ; j'en donnerai une idée en
disant que, de tous les ouvrages qui sont sortis de ma
plume, il n'en est aucun qui n'y ait été écrit, commencé ou conçu. » C'est ce qu'il écrivait dans une de
ses lettres familières que nous avons déjà citées. Mais
il y revient sans cesse. Vaucluse fut bien, si l'on peut

ainsi dire, sa patrie intellectuelle comme elle fut le sa-
lut de son cœur meurtri. On n'a qu'à relire son *Canzo-
nière* pour voir quelle influence tous ces lieux habités
par lui, décrits par lui, évoqués par lui, exerçaient sur
sa pensée aux plus dures crises de son martyre d'a-
mour (1).

Il ne nous dit rien de précis sur la présence réelle
de Laure dans la chère vallée. Y vint-elle souvent? Y
passa-t-elle l'humble seuil de son poète? Y eut-il entre
eux quelques-uns de ces mystérieux rendez-vous, rapides et fugitifs, auxquels il a fait, dans l'ensemble de
ses écrits, certaines allusions discrètes, mais transparentes? Ce qui est prouvé, c'est qu'elle habita quelques
fois dans les environs de la belle source, soit à Lagnes,
soit à Cabrières, soit dans quelqu'une de ces belles
maisons de campagne, que, sous le règne des papes à
Avignon, l'aristocratie de cette ville avait édifiées
dans ces belles plaines du comtat, arrosées par la
Sorgue. Elle vint sans doute à Vaucluse dans quelques-
unes de ces parties de plaisir que la société avignonnaise y faisait souvent, car le lieu était alors, plus encore qu'aujourd'hui, plein d'attraits, grâce à une nature qu'on n'avait point gâtée et ternie; et la mode y
amenait déjà, même de loin, la foule des admirateurs.
Elle y vint plus souvent peut-être, lorsque Pétrarque
était loin, parce que, en réalité, la personne, l'œuvre
et la gloire de son adorateur lui étaient chères, parce

(1) Pétrarque, par son testament, laisse « son petit bien, qu'il
possède à Vaucluse, dans le Comtat-Venaissin, diocèse de Cavaillon », à l'hôpital du lieu, et, si la coutume ou le droit mettent quelque obstacle à l'effet de cette disposition, il la lègue
à Jean et à Pierre, les deux fils de Raymond, de Clermont, dit
Monet, son fidèle valet.

que, dans le secret de son cœur, elle pouvait, sans
enfreindre la loi qu'elle s'était faite, évoquer, dans
ces lieux qu'il avait rendus célèbres, la pensée de celui
qu'elle savait souffrir pour elle.

Quoi qu'il en soit, Laure, elle aussi, règne à Vaucluse par son souvenir, à côté de celui dont elle avait
pris l'âme tout entière. Elle y règne avec lui dans le
temps et dans l'espace : éternellement enlacés, comme
les amants de Ravenne, ils restent inséparables dans
l'imagination populaire. Leur histoire est si belle
qu'elle a le charme de la poésie éternelle. C'est pour
cela que Vaucluse restera le lieu sacré où viendront
toujours en pélérinage ceux qui ont le culte de la poésie et de l'amour.

VI

IMPRESSIONS ET SOUVENIRS

Ainsi, comme on vient de le voir, les souvenirs les
plus poétiques et les plus touchants se rattachent à
Vaucluse. Ces souvenirs enveloppent d'un charme
singulier ces lieux si beaux en eux-mêmes, où s'unissent dans le paysage tant de grandeur, d'originalité et

10

de grâce. A ces impressions vient encore s'ajouter l'émotion profonde dont on ne peut se défendre devant le problème qui se pose du régime intérieur de la source elle-même.

La fontaine de Vaucluse jaillissant, si abondante, du fond de son réservoir mystérieux, au milieu de ces montagnes arides si profondément secouées à l'époque voisine des accidents terrestres, constitue un phéno-mène naturel d'un ordre très particulier et tel que n'en offrent pas de plus intéressant la Suisse, ni le pays de Galles, ni aucune contrée du Nouveau-Monde (1).

Comme les gorges du Tarn, comme les rivières souterraines des Cévennes, comme les abîmes du pays des Causses, Vaucluse, à un degré plus haut encore, doit être signalé par ceux qui pensent que la France offre à la curiosité des voyageurs d'incompa-rables merveilles ; et Vaucluse a certainement droit au premier rang parmi ces merveilles que des touristes patriotes ont récemment pris à cœur de révéler aux Français sur la terre française (2).

Aussi, n'est-il pas un artiste, poète ou peintre, qui, traversant nos régions, ne se soit arrêté à Vaucluse pour visiter la vallée et y vivre un instant du passé qu'elle rappelle. Pas un étranger ne parcourt la France sans placer la fontaine célèbre dans son itiné-raire. En vain, de l'Océan gris jusqu'à la Méditerranée bleue, le train emporte à toute vapeur les Anglais

---

(1) Voir l'*Appendice*.
(2) Allusion aux explorations du Club alpin dans les Cévennes et au beau livre de M. MARTEL : *Le Pays des Causses* (chez Delagrave, Paris).

qu'attirent notre soleil et notre littoral : il est peu de
jours sans que des groupes de gentlemens et de ladies
ne parcourent ce sentier sauvage où, depuis des siè
cles, ont passé tant de voyageurs émus et enthou
siastes.

Pétrarque nous a raconté une de ces visites
joyeuses et brillantes qui, déjà de son temps, ame-
naient à Vaucluse la haute société. C'est celle du roi
Robert de Naples, ce souverain que le poète alla
saluer en 1341 avant d'aller se faire couronner au
Capitole. Le roi était accompagné de la reine Sancie
d'Aragon, sa seconde femme, et de sa nièce, Clémence
de Hongrie, veuve de Louis le Hutin. Le récit de
Pétrarque est même fort piquant : « Pendant que
cette cour brillante s'amusait à courir les prés, à
chasser dans les bois, à tendre des filets aux poissons,
à faire mille petits jeux sur les bords de la Sorgue,
le roi, assis sur un gazon fleuri, à l'ombre d'un immense peuplier, les yeux fixés vers le sol, paraissait
profondément occupé. Son esprit perçant, accoutumé
à fouiller les entrailles de la terre, allait peut-être y
chercher la cause inconnue qui produit les alterna-
tives merveilleuses de cette fontaine, tantôt paisible
dans son antre, tantôt bouillonnant avec force et se
précipitant avec un fracas épouvantable (1). Peut-être
parlait-il à la fortune et lui tenait-il ce langage :
« Vous avez beau me combler de vos faveurs ; vous

---

(1) Ce savant roi (le roi le plus savant qu'on ait vu depuis
Salomon, disait Boccace) se posait-il le problème du régime
intérieur de la fontaine ? En tout cas, Pétrarque, en attribuant,
cette pensée à Robert de Naples, prouve bien qu'au xive siècle
ce phénomène hydrologique suscitait déjà la curiosité.

« ne m'aveuglerez pas par vos trompeuses caresses. »
Pétrarque ajoutait : « les habitants du lieu montrent
encore avec respect les traces de ses pas sur les bords
de la Sorgue » (1).

On n'a pas eu l'idée de tenir à Vaucluse — comme
aux Charmettes — un livre destiné à consigner les
noms et les impressions des voyageurs. Ne le regret-
tons pas, c'est un monument de moins de la vanité
et de la sottise humaines. Mais le souvenir est resté
du passage à Vaucluse d'un certain nombre de visiteurs illustres à divers titres.

Au xviiie siècle, pour quiconque mettait le pied
dans le Comtat-Venaissin, c'était une loi d'aller, à
l'église des Cordeliers, auprès de la tombe de Laure,
rendre un hommage à sa vertu et à sa beauté ; puis
d'aller à Vaucluse rendre hommage au génie de son
chantre immortel.

Le président des Brosses, dans son voyage en Italie
(1739), raconte qu'il fut obligé de partir directement
d'Avignon pour Aix, mais que son compagnon de
route, l'un des frères Sainte-Palaye, « en sa qualité de
protecteur de tous les vieux sonnets, voulut aller sur
les bords de la fontaine de Vaucluse pleurer avec
Pétrarque sur le trépas de la belle Laure ». Madame
de Scudéry n'avait-elle pas fait la description de Vaucluse dans un de ses romans encore si à la mode
même après le xviie siècle, et pouvait-on, décemment,
ne pas s'arrêter un moment à ces lieux célèbres quand
on se piquait un peu de littérature et de galanterie ?
Voltaire, dans une boutade, avait beau s'être moqué

(1) PÉTR. Lettr. Liv. X, lett. 4. Cité par G. BAYLE Bulletin
historique, 1879.

Une vue sur la Sorgue, près de la source (dessin de Karl, d'après un croquis de L. Brill)

de cette Iris en l'air (c'est ainsi qu'il désignait Laure),
d'Hollach et d'Helvétius, allant visiter à Latour-d'Ai-
gues les collections du président de Bruni, s'arrêtèrent
comme tant d'autres fervents à la Fontaine. Marmontel y vint aussi ; mais ce lourdaud n'éprouva devant le magnifique spectacle qu'une profonde décep-
tion. « La source, dit-il dans ses *Mémoires*, en parlant
de la Sorgue, est absolument dénuée des ornements
de la nature ; les deux bords en sont nus, arides, escarpés, sans ombrages... » Le malheureux ! Il ne com-
prenait pas qu'il plaît quelquefois à la nature d'être
belle de cette façon et que ses ornements, dit Mon-
selet à ce propos, consistent justement à n'en avoir
pas. Il est vrai que le même Marmontel trouva petites,
quelques jours après, les arènes de Nîmes et qu'il ne
vit rien qui l'étonnât dans cette ville si profondément
empreinte de la grandeur romaine.

Le mari de Madame de Pompadour, Leroy
d'Etioles, ayant essayé de ramener sa femme au ber-
cail conjugal, reçut, en réponse, de la favorite, une
lettre d'exil qui l'envoyait à Vaucluse pleurer sur ses
infortunes.

Lefranc de Pompignan, au cours de son *Voyage en
Languedoc et en Provence*, passa par Vaucluse et, à
cette occasion, ajouta quelques mauvais vers à son
bagage académique.

En fait de vers, nous ne reproduirons ni ceux de
l'abbé Dellile (1), ni ceux de Madame Deshoulières,
souvent cités, mais que nous prenons la permission de

(1) Il s'y trouve ce vers bizarre que les admirateurs du versi-
ficateur célèbre n'ont jamais songé à souligner :
Le plus riant vallon qu'*éclaire l'œil du monde*.

trouver fort mauvais et très indignes d'un paysage que leurs auteurs ont sans doute chanté de loin, sans l'avoir jamais contemplé.

Barjavel (2) signale parmi les visiteurs qui se crurent inspirés par la Fontaine, Louis Bonaparte, le roi de Hollande, qui, lui aussi, le 18 septembre 1807, consigna ici ses impressions sentimentales en quelques rimes détachées des bouquets à Chloris.

Les meilleures strophes sur Vaucluse sont, il faut le croire, celles qui n'ont été que rêvées.

Exceptons-en les touchants et beaux sonnets d'Alfieri, le grand poète italien. Celui-là, aussi, souffrait d'un amour profond et vrai ; celui-là, aussi, s'en allait par le monde chantant et pleurant, quand il eut été obligé de fuir la célèbre et belle comtesse d'Albany. Il raconte dans ses *Mémoires* comment il vint à Vaucluse, la profonde émotion qu'il y éprouva et combien le souvenir des immortels amants raviva sa souffrance en même temps que son amour de la gloire. Nous reproduisons plus loin, aux *fragments littéraires*, les quatre sonnets qu'il composa sur la route de Vaucluse à Avignon et qui doivent prendre place parmi les plus poétiques souvenirs qui se rattachent à la *source sacrée* (1).

(1) *Dictionnaire historique et biographique du département de Vaucluse*, par C. T. H. BARJAVEL, 2 vol. in-8. Devillario, Carpentras, 1841.

(2) « Aussitôt que je fus arrivé à Avignon, j'allai visiter la magique solitude de Vaucluse. La Sorgue reçut en abondance des larmes brûlantes que mon cœur seul me faisait verser et qui n'étaient ni imitatives ni feintes. En allant et revenant, dans le voyage de Vaucluse à Avignon, je fis quatre sonnets. Ce jour fut pour moi l'un des plus heureux et des plus tristes de ma vie (*Mémoires d'Alfieri*. Chap. onzième. Collection Barrière).

Précédemment, le 12 juillet 1777, le comte de Provence, qui fut depuis Louis XVIII, avait été reçu à Vaucluse par le premier consul de la commune et par l'abbé Arnavon qui en était le curé (1).

Casanova, l'auteur des fameux *Mémoires*, vint, entre deux fredaines, faire quelque autre fredaine à Vaucluse, en compagnie d'un couple louche, le mari et la femme Stuart, que le cynique personnage avait raccolés à Avignon.

Arthur Young, l'auteur du célèbre voyage en France, ne manqua point de s'arrêter ici. Il est plein d'admiration quand il parle de la Sorgue et des truites qu'on lui servit à l'Isle, dont les habitants, dit-il, le frappèrent par leur politesse et leur urbanité. Il s'extasie sur la fontaine qu'il trouve aussi belle en elle-même que par les souvenirs qu'elle rappelle (2).

L'abbé Arnavon, dans sa plaquette *Retour de Vaucluse*, épingle sur Vaucluse un souvenir attendrissant : c'est celui de Paul de Lamanon, ce jeune savant qui périt en 1787, dans l'île de Maouna, en Polynésie, avec Lapérouse, dont il fut l'un des compagnons.

Paul de Lamanon, après avoir terminé ses études théologiques, s'était passionné pour les sciences naturelles. Il vint visiter la source et ses environs, s'éprit de ces lieux attrayants et résolut de publier une sorte

(1) L'abbé Arnavon fut, plus tard, chargé par les papistes du Comtat d'aller les représenter à Rome. Il y resta, dans un exil volontaire, après l'annexion. C'est pendant son séjour en Italie qu'il eut l'occasion de s'occuper de ses recherches sur Pétrarque. Rentré en France, il mourut à Paris en 1824, doyen du chapitre métropolitain de Notre-Dame.

(2) *Voyage en France, 1781-1790*, t. II, p. 54 et suiv. Édition de 1794.

de monographie scientifique de la vallée. Il se fixa
même au village afin de pouvoir étudier sur place et
publia, en 1784, un prospectus annonçant la pro-
chaine apparition d'une *Histoire naturelle de la Fontaine de Vaucluse*. C'est alors qu'il fut appelé à faire
partie de l'expédition de l'infortuné commandant de
l'*Astrolabe* et qu'il s'embarqua pour ne plus revenir (1).

Tout le monde, en Provence, a lu l'ouvrage encore
intéressant et quelquefois amusant, quoique passable-
ment vieilli, de Bérenger, de Riez, citoyen de Toulon,
comme il se qualifie lui-même, les *Soirées Provençales* (2). Il s'y trouve une relation de l'excursion de
l'auteur à Vaucluse. Malgré le caractère imposant des
lieux, on a peine à comprendre le profond sentiment
d'effroi qu'ils inspirèrent au paisible et craintif personnage, qui voyait partout des « épouvantables débris » et que frappait « l'aspect effrayant de l'antre
ouvert devant lui ».

Mais citons Bérenger lui-même :

« Tout cela frappait d'effroi mon imagination
étonnée. Dans ce moment, je regardai autour de moi :
le silence du lieu, qui n'est troublé que par le bruit
des cataractes, et l'isolement où je me trouvais, commencèrent à m'épouvanter. Je m'armai de courage et
souris de mon espèce de peur. A chaque pas qui me
rapprochait du gouffre, je croyais me rapprocher de

(1) Robert-Paul de Lamanon était né à Salon, 1752.
(2) *Les Soirées provençales ou lettres sur la Provence*
(écrites en 1783), 2 vol in-18. Paris 1786. Chez Nyon. Tome I.
p. 40.

Sentier conduisant à la source
Dessin de Paul Saïn.

l'Averne. Mon œil mesurait avec timidité l'immense hauteur du roc solide et majestueux qui sert d'entablement au portail de la sombre caverne... Je descendis, non sans hésiter, vers le bassin par un sentier en entonnoir, profond d'environ dix toises, et enfin, enfin, je pus me mirer dans l'eau même de l'abîme... Oh! je vous avoue sans détour qu'en m'inclinant, mes cheveux se hérissèrent d'horreur ; oui, pour me servir d'une expression de Bossuet, *ainsi descendu sur les bords d'un gouffre sans fond, entouré de bornes de tout côté, resserré et comme pressé de toutes parts, je ne pouvais plus respirer que du côté du ciel.* J'eus beau rappeler mes esprits, beau raisonner mes craintes, mon cœur palpitait et, dans certains moments, j'éprouvais une sensation pareille à celle d'un homme qui serait près de se noyer en nageant. Je ne fus là que six minutes ; mais tout m'effrayait : l'obscurité de l'antre, les arceaux surbaissés de plusieurs voûtes de pierres brunes et mal ordonnées, les crevasses des rochers qui font paraître ces voûtes comme prêtes à s'écrouler, des piles de rochers inégalement amoncelés et minés par le temps, et surtout la profondeur du gouffre, où je lançais des pierres qui descendaient circulairement et que je voyais encore tournoyer au bout de quelques secondes. J'observai tout en frissonnant, j'admirai tout bien vite et je m'enfuis. »

Et le brave homme « né avec une âme sensible » — c'est sa propre expression, — va se réfugier sous un figuier pour y lire Pétrarque en sûreté.

Nous citions Bérenger pour nous moquer un peu de lui, mais voilà que son émotion nous touche, et que ses impressions nous paraissent respectables ; c'est, sans doute, parce qu'elles sont sincères et que nous les rapprochons de l'impassibilité de Marmontel et de l'insolent dédain de l'auteur des *Contes moraux* à l'égard de cette vallée charmante.

En retournant de Vaucluse à Avignon, Bérenger rencontre un Anglais, lord M..., qui revient, lui aussi, de Vaucluse. Ils se mettent à causer. « Je viens ici, dit l'insulaire, pour voir le paysage ; il forme un assez beau jardin anglais et cette rivière est jolie. Mon ami Freincht a eu raison de choisir Vaucluse pour s'y noyer. Vous savez sans doute son aventure, monsieur ; elle est récente. » Il ajoute : « Ses raisons étaient sans réplique ; j'approuve son choix ; quand on a pris son parti, c'est dans un pareil bassin qu'il faut se jeter. On disparaît à tout jamais et l'on sauve à ses restes les ridicules avanies auxquelles sont exposés ceux qu'on repêche. »

M. Gustave Bayle, ordinairement très bien informé, nous dit que ce Freincht était lord. Il se trompe, il n'y a jamais eu de lord de ce nom. S'appelait-il bien Freincht ? D'autre part, le suicide dont il s'agit n'a pas laissé le moindre souvenir dans la tradition locale et ce nouvel Empédocle, en tout cas, a oublié de laisser ses pantoufles et son adresse aux abords de l'abîme.

En 1785, l'abbé Barthélemy, l'auteur du *Voyage du jeune Anacharsis*, était l'hôte, à Vaucluse, de l'abbé Arnavon. Celui-ci lui montrait les fragments d'antiquité qui sont encore visibles dans la substruction de l'église et quelques-uns des objets qui, trouvés à différentes époques sur les bords de la rivière, ne laissent point de doute sur l'existence d'un temple ancien aux divinités des eaux fécondantes.

Millin visita Vaucluse rapidement, dans son voyage officiel de 1810 (1). On peut trouver quelque intérêt dans la comparaison des lieux tels qu'il les a vus avec ce qu'ils sont aujourd'hui, tant au village que dans les localités voisines, mais on est frappé, à lire sa relation, de voir combien son ouvrage, dans ses vues générales, manque d'esprit critique et d'érudition sérieuse.

Chateaubriand, traversant le midi de la France, vint rêver devant les bords de la source célèbre. C'était le jour de la Toussaint, en 1802. « J'allai, dit-il dans les *Mémoires d'outre-tombe*, j'allai à Vaucluse cueillir au bord de la fontaine des bruyères parfumées et la première olive que portait un jeune olivier. »

Le duc d'Angoulême était à Vaucluse le 3 novembre 1815. Quelques années après, la duchesse de Berry y vint à son tour, et c'est à l'occasion de sa visite que la petite colonne commémorative de Pétrarque fut transportée sur la place du village où elle se trouve aujourd'hui. Cette colonne avait été élevée, dans les premières années de l'Empire, par les soins de l'Athénée de Vaucluse, sous la présidence du préfet baron de Stassart. On avait eu la mauvaise inspiration de la placer devant la grotte même, où elle se trouvait écrasée par l'immense falaise.

Le duc d'Orléans, fils aîné de Louis-Philippe, vint visiter la Fontaine le 4 juin 1838.

_____

(1) *Voyage dans les départements du midi de la France*, par MILLIN, de l'Institut. 4 vol. in-8. Impr. Impériale, 1811, t. IV, pp. 99 et suiv.

Au mois de juillet 1874, quelques lettrés du midi de la France eurent la pensée de célébrer le cinquième centenaire de la mort de Pétrarque à Avignon et à Vaucluse. L'Académie française délégua à ces fêtes de l'esprit l'éminent historiographe du poète italien, M. Mézières, et l'Académie des Inscriptions, son secrétaire perpétuel, M. Wallon. Le commandeur Nigra, ambassadeur d'Italie en France, et M. Conti, consul de l'Académie royale de la Crusca, y représentaient la patrie du poète.

Ce furent de magnifiques fêtes qui rappelaient à l'imagination celles où, sous le ciel de l'Attique, les Grecs acclamaient la gloire impérissable de leurs grands hommes. Les journées des 18, 19 et 20 juillet 1874 sont restées gravées dans le souvenir des populations méridionales, qui étaient accourues du Comtat, de la Provence et du Languedoc, pour rendre hommage à un grand génie, à un grand sentiment et à une grande idée. Le génie c'était Pétrarque, le sentiment c'était son amour immortel, l'idée c'était l'union fraternelle des peuples latins, union dont nous sentîmes passer le souffle précurseur dans ces voix, dans ces chants, dans ces enthousiasmes.

En 1889, les *Cigaliers* vinrent à Vaucluse faire fraterniser, encore une fois, la langue d'oc et la langue d'oïl. Tableau plein de vie qu'on n'oublie pas : les nobles vers vibraient sur les lèvres du grand artiste Mounet-Sully ; les toasts, les *brindes* retentissaient au cabaret de Pétrarque, où couraient d'une rive à l'autre des barques légères sur l'eau merveilleusement limpide ; des chansons françaises et des chansons provençales montaient, sous l'azur, jusques aux grottes dont ces collines sont piquées en leurs flancs argentés ; et les cigales, dans les vergers d'alentour, accompagnaient de leurs accords les poésies rythmées de la France provençale et gasconne.

Une provençale, d'après B. Laurens

Mais Vaucluse est surtout et toujours le rendez-vous des foules, des visiteurs anonymes, des braves et bons villageois qui, de près ou de loin, y viennent vivre un moment, aux jours de repos et de liesse, dans l'atmosphère des légendes héroïques. Car le peuple aime les

11

lieux agrestes et beaux, comme il aime, naturellement, la grande poésie, les grands noms et les grands souvenirs.

Il faut voir ces lieux par les dimanches de printemps ! Quel spectacle charmant et vivant. Des troupes joyeuses venues des villes et des villages de la Provence et du Comtat arrivent à Vaucluse, le rire et la chanson aux lèvres, et se répandent par la vallée. Les filles de Noves et de Châteaurenard, avec leurs costumes traditionnels si pittoresques, se mêlent aux filles de l'Isle et du Thor, non moins jolies en comtadines. Là, les garçons des bords du Rhône et ceux des bords de la Durance, ivres de soleil et de gaîté, font entendre les refrains sonores des chansons du pays. Ailleurs, les groupes de gourmets, assis aux tables succulentes des restaurateurs rivaux et célèbres de l'endroit, épluchent l'écrevisse, savourent la truite fraîche et dégustent le Châteauneuf-du-pape ; tandis que de tous côtés se croisent les chars-à-bancs champêtres, chargés de chœurs campagnards, ornés de banderolles et de feuillages, piqués des touffes légères de cette herbe folle qu'on va cueillir sur les montagnes d'alentour et dont Vaucluse s'est fait une gracieuse industrie en lui donnant toutes les couleurs connues (1). Le sentier si joli qui mène du village à la source est trop étroit pour les ébats de cette foule alerte et vive, et sur les bords escarpés de la rivière se livrent les petites batailles de fleurs. Mais si, au village, sous les platanes, l'orchestre du bal retentit, mêlant ses harmonies aux échos de la vallée, aux bruits des eaux retentissantes, alors c'est

(1) *Stipa pennata*. L. Etièpe-aigrette, la stipe plumeuse (gram. stipacées).

la plus adorable vision de fête champêtre dans un
cadre enchanté.

Mais un sentiment de tristesse nous envahit au moment où nous allons achever ces pages.

Vaucluse, nous l'avons dit, n'est plus ce qu'il fut autrefois. *Nous n'irons plus aux bois, les lauriers sont coupés.* Les déboisements ont dénudé cette vallée qui fut jadis si verte et si ombragée ; les pluies ont ravagé ces coteaux où croissaient des essences disparues qui faisaient la joie des regards : les frênes, les chênes, les genévriers et les pins. La rivière se dépeuple, grâce à des règlements absurdes et à l'anarchie de notre législation sur les cours d'eau. Les usines, avec leurs murs plats et leurs cheminées de brique, ont poussé leur encombrante invasion jusqu'aux environs les plus rapprochés de la source; et c'est maintenant que Pétrarque découragé ferait la paix avec les Nymphes de la Sorgue en leur laissant leur domaine et la liberté de leurs ébats ! Il y a plus : on veut percer une « route départementale » qui reliera le village à la Fontaine. Comme si les visiteurs ne préféraient pas cent fois le pittoresque et délicieux sentier actuel à une voie classée et numérotée, régulière et droite !

Entre la rivière et la montagne, sur la rive droite, s'étendent, en pente, des éboulis gigantesques qui, du sommet à la base, font songer à un écroulement prodigieux dont ils seraient la trace et qui se serait arrêté aux limites du sentier auxquels ces débris font une bordure de roches brisées. C'est sur la pente inclinée de ces éboulis que passerait la route ; or, cet espace commence à redevenir vert et des genévriers s'élèvent déjà comme une jeune forêt sur ce sol tourmenté, d'un caractère étrange. Cet espace fait tellement partie du paysage qu'il en est, pour ainsi dire, la note la plus harmonieuse, et qu'on ne saurait y toucher sans dégrader à jamais tout le paysage lui-même.

Déjà le pic et la poudre ont commencé l'œuvre né-
faste ; la caverne de la *Couleuvre*, à quelques] pas
du village, a disparu. Puis on a interrompu les

Une roue hydraulique à Vaucluse.

travaux, la matière étant suffisamment tâtée, pensons-
nous et les plans étant arrêtés.

Non, il ne faut pas que les travaux soient repris et

continués. En regardant cette entaille sur ces rochers merveilleux, nous avons ressenti une émotion poignante, que ressentiront tous ceux qui, comme nous, ont le respect sacré des lieux célèbres et des sites grandioses. Il nous semblait voir la Nature elle-même — *alma parens* — saigner d'une blessure à son flanc divin.

Ceux qui ont conçu ce projet n'en ont certainement pas vu les conséquences désastreuses. On peut, à la rigueur, espérer qu'un chef-d'œuvre de l'art humain sera remplacé par un chef-d'œuvre équivalent ; mais on ne retrouve pas, on ne refait pas, on ne remplace pas une merveille naturelle grattée, gâtée, supprimée par la main des hommes. Tous les artistes du Midi, toute la presse régionale, toutes les sociétés savantes, littéraires, d'agriculture, de météorologie, protesteront contre ce projet sacrilège. Le Ministère de l'Instruction publique, le Ministère des Travaux publics écouteront les doléances que ne manqueront pas de faire entendre les Conseils municipaux de Vaucluse et des communes environnantes. Dégrader la Fontaine de Vaucluse ou ses accès, ce serait éloigner désormais les visiteurs si nombreux qui, de si loin, lui apportent leurs hommages d'admiration.

La Sorgue est dépeuplée momentanément des poissons qui y furent en si grande quantité et d'une qualité si remarquable ; mais la création projetée d'une école de pisciculture, une réglementation plus intelligente de la pêche, certaines mesures de précaution, rendront bientôt à la Sorgue sa richesse poissonneuse.

La montagne et la vallée ont été, dans le cours des siècles, déboisées jusqu'à une dénudation désolante ;

Sentier conduisant à la source.
DESSIN DE PAUL SAIN.

le reboisement s'accomplit lentement, mais d'une marche sûre.

Ce qui serait irréparable — l'irréparable désespérant — ce serait la dégradation voulue, systématique, du paysage par des travaux artificiels, absolument inutiles d'ailleurs, comme ceux dont nous parlons.

Quelle voix autorisée viendra se faire entendre, assez puissante pour qu'elle soit écoutée et que la vallée de Vaucluse soit sauvée, pour que le sacrilège ne soit pas accompli ; pour que nos belles roches calcaires, tellement belles qu'on les admire encore davantage quand on revient des divins vallons de la Grèce, demeurent intactes et vierges, avec leurs tons de rouille et leurs cîmes grandioses sous notre ciel bleu ? Elles ont résistés aux siècles qui rongent, aux tempêtes qui dévastent et, contemporaines des âges primitifs, elles nous racontent une page merveilleuse de l'histoire de notre globe : y toucher serait un crime !

La Fontaine de Vaucluse est la source la plus puissante que l'on connaisse, en Europe.

C'est de là que tira son nom un de nos plus beaux départements, le jour où le Comtat-Venaissin s'unit à notre belle France.

C'est de là que vient pour vingt cités laborieuses le plus puissant secours à leur agriculture si éprouvée, à leur industrie en détresse.

C'est là que fut ressenti dans le cœur le plus fidèle et que fut chanté en des chants impérissables un des plus purs, des plus nobles sentiments qui aient honoré la nature humaine.

C'est de là que sortit une des plus grandes lumières de la pensée moderne, pour rayonner sur le monde et pour l'aider à se délivrer de la barbarie des siècles obscurs.

N'est-ce point assez pour faire de Vaucluse une de ces vallées sacrées — *augusta vallis* — comme celles où les anciens venaient, à l'ombre des bois, écouter la parole des dieux, et dont ils gardaient au cœur l'image à côté de l'image de la Patrie, pour que celle-ci leur apparût plus belle, plus vénérable et plus digne de leur amour !

VII

FRAGMENTS LITTÉRAIRES

Sonnets de Pétrarque

I

Ah béni soit le jour, et le mois, et l'année,
Le temps, et la saison, et l'heure, et le moment,
Le beau pays, le bois, la rive fortunée
Où ses yeux m'ont soumis à l'amoureux tourment.

Et béni soit le coup d'où ma blessure est née !
Bénis soient le sourire et le regard charmant,
Les flèches, les carquois et la pointe empennée
Qui, jusqu'au fond du cœur, me vont tout consumant.

Bénis soient les soupirs et les accens de flamme
Que j'ai jetés au vent en appelant ma dame,
Et les pleurs et les cris, et les vagues désirs !

Et bénis soient les vers où, toute la journée,
Ma plume la dépeint de tant de grâce ornée,
Et ne s'amuse pas à plus gentils loisirs.

II

Les chérubins ailés, plus légers que les vents,
Les citoyens des cieux, les divines phalanges,
Quand ma dame passa, chantèrent ses louanges,
Au milieu des splendeurs et des soleils mouvans.

Quel éclat merveilleux, quels rayons décevans !
Disaient les bienheureux ; non, des terrestres fanges,
Jamais rien de si beau n'est monté chez les anges,
Depuis qu'on vient ici du monde des vivans.

Elle, sans écouter, paraissait en prière,
Jetant à chaque pas des regards en arrière,
Pour voir si je pouvais la suivre dans le ciel.

Voilà pourquoi je pleure, et, toute la journée,
Mon âme, qui s'abreuve et se nourrit de fiel,
En l'entendant prier, vers le ciel est tournée.

III

La vie avance et fuit, sans ralentir le pas,
Et la mort vient derrière à si grandes journées
Que les heures de paix qui me furent données
Me paraissent un rêve et comme n'étant pas !

Je m'en vais mesurant d'un sévère compas
Mon sinistre avenir, et vois mes destinées
De tant de maux divers encore environnées
Que je veux me donner de moi-même au trépas !

Si mon malheureux cœur eut jadis quelque joie,
Triste, je m'en souviens ; et puis, tremblante proie,
Devant, je vois la mer qui va me recevoir !

Je vois ma nef sans mât, sans antenne et sans voiles,
Mon nocher fatigué, le ciel livide et noir,
Et les beaux yeux éteints, qui me servaient d'étoiles.

(Traduction d'Antoni Deschamps.)

Autre Sonnet de Pétrarque

Vallée, ô toi qu'emplit de ses sanglots ma peine !
Toi, fleuve dont les eaux se troublent de mes pleurs,
Bêtes des bois, oiseaux volants parmi ces fleurs,
Poissons qu'entre ces bords l'onde en son cours promène,

Airs dont mes longs soupirs attiédissent l'haleine,
Sentier jadis de joie, aujourd'hui de douleurs,
Coteau cher à mes pas, plus cher à mes langueurs,
Où l'amour cependant par instinct me ramène :

Je reconnais en vous l'aspect accoutumé,
Non en moi, pour jamais à tout plaisir fermé,
Et qui nourris au cœur un chagrin solitaire.

D'ici je la voyais. Je reviens voir le lieu
D'où loin de ce bas monde elle est montée à Dieu,
Sans voile, abandonnant son beau corps à la terre !

(Traduction de Boulay-Paty).

Laure de Sade
REPRODUCTION DE LA GRAVURE D'ERNINI

LOU PORTO-AIGO

A-N-AMADIÉU PICHOT, ARLATEN

Er : *O pescator dell' onda.*

En Arle, au tèms di Fado,
    Flourissié
La rèino Poùnsirado,
    Un rousié !
L'emperaire rouman
le vèn demanda sa man ;
Mai la bello en s'estremant
    le respond : Deman !

— O blanco estello d'Arle,
    Un moumen !
Escoutas que vous parle
    Umblamen !
Per un de vosti rai
Vous proumete bén verai
Que ço que voudrès farai,
    O que mourirai.

— Eh ! bèn, digué la réino,
    Siéu à tu,
E jure, malapèino
    Ma vertu,
Que tiéuno siéu de bon
S'a travès Crau e Trebon
De Vau-cluso sus un pont
    M'aduses la font. —

Ravi de la demando,
    Eu s'envai,
E tout-d'un téms coumando
    Lou travai :
Cen millo journadié,
Terraioun coumo eigadié,
Lèu se groupon i chantié,
    Paston lou mourtié.

Aturon vau e baisso
    Nieuch e jour ;
Mau-grat lis antibaisso,
    Van toujour.
Lou plan es bén traça ;
Lou valat es encaissa,
Betuma, cubert, caussa :
    L'aigo pòu passa.

Esvèntron li montiho,
    Li touret ;
A travès lis Aupilho
    Tiron dre :
L'espetaclous eigau,
Lou porto-aigo senso egau
Sus l'estang de Barbegau
    Marcho que fai gau.

En Arle enfin la Sorgo,
    O bonur !
Un béu matin desgorgo
    Si flot pur :
Au toumbant clarinèu,
En trepant coumo d'agnèu,
Tout un pople palinèu,
    Bèu a plen bournèu.

— Vaqui, bello princesso,
    Lou coundu :
Senso repaus ni cesso
    L'ai adu...
Ai espera sèt an ;
E per querre l'Eridan
Se n'en fau encaro autant
    Reparte a l'istant.

— Merci, grand emperaire,
    Sias trop bon !
Mai au sòu poudés traire
    Vostre pont :
I'a'n pichot barralié
Que iéu ame à la foulié
E que m'adus l'aigo au lié.
    Adiéu, cavalié ! —

Lou prince miserable
    Mouriguè ;
Lou porto-aigo admirable
    Periguè...
Jouvènt, anas-ie plan
Em'aquèli bèu semblant,
Car la fe dou femelan
    Passo gaire l'an.

FREDERI MISTRAL.
(*Lis isclo d'o⁻.*)

TRADUCTION

L'AQUEDUC

A Arles, au temps des fées, — florissait la reine Ponsirade (1) — un rosier, — l'empereur de Rome — vint lui
demander sa main; — mais la belle en s'enfermant, — lui
répond « demain! »

« O blanche étoile d'Arles, — un moment! — écoutez
que je vous parle — humblement! — Pour un de vos
rayons, — je vous promets bien sûr — que je ferai votre
vouloir — ou que j'en mourrai. »

« Eh bien, la reine dit, — je suis à toi, — et je jure mes
grands dieux, — ma vertu, — que je suis vraiment tienne,
— si, à travers la Crau et le Trébon (2), — tu m'amènes
sur un pont — la Fontaine de Vaucluse. »

Ravi de la demande, — lui s'en va, — et sur le champ
commande — le travail; — cent mille journaliers, — ter-
rassiers ou fontainiers, — s'empressent à l'ouvrage — et
corroient le mortier.

Ils comblent vallées et bas-fonds — nuit et jour; —
malgré les obstacles, — ils vont toujours; — le plan est
bien tracé; — le fossé est encaissé, — cimenté, couvert,
butté : — l'eau peut ruisseler.

(1) *Pounsirado* signifie citronnelle, mélisse, et, au figuré
mijaurée, précieuse, derivé de *pounsire* (latin *pomum assy-
rium*), espèce de citron.
(2) *Le Trébon* quartier du territoire d'Arles.

Ils éventrent les collines, — les buttes ; — au travers des
Alpilles — ils percent droit : — le prodigieux canal, —
l'aqueduc sans pareil — sur l'étang de Barbegal (1) —
marche que c'est merveille.

Dans Arles enfin la Sorgue, — ô bonheur ! — un beau
matin déverse — ses flots purs : — à la claire chute d'eaux,
— en trépignant comme agneaux, — tout un peuple à faces
pâles — boit à plein tuyau.

« Voilà, belle princesse, — le conduit : — sans repos ni
trève — je l'ai amené... — J'ai attendu sept ans ; — et pour
chercher l'Eridan — s'il en faut encore autant, — je repars
de suite.

Merci, grand empereur, — c'est trop de bonté ! — Mais
vous pouvez jeter bas — votre pont : — un petit *barralié* (2) — que j'aime à la folie, — m'apporte l'eau au lit.
— Adieu, cavalier ! »

Le prince misérable — mourut ; — l'admirable aqueduc
périt... — Jeunes gens, allez tout doux — avec ces beaux
semblants-là, — car la foi de la femme — ne passe guères
l'année.

(1) *Barbegal*, près les Baux, où l'on voit les restes d'un
aqueduc romain.
(2) *Barralié*, nom qu'on donnait, à Arles, à ceux qui por-
taient l'eau du Rhône à domicile dans les barils transportés à
dos d'âne.

VAU-CLUSO

Verdo coumbo qu'enmouresco
L'oumbro fresco,
L'ast vist dins ti roumaniéu
S'adraia tout pensatiéu :
Enterin que caminavo,
Davans lou mestre d'amour
L'aubre, la planto, la flour,
    Se clinavo.
    E la coumbo dis :
    Ero un paradis !

Bluio Sorgo que varaies
    E cascaies
Au mitan di roucassoum,
As retengu si cansoun.
Bluio Sorgo, dins sa barco,
Amourous coume n'i'a plus,
L'as pourta dins soun trélus,
    Toun Pétrarco.
    E la Sorgo dis :
    Ero un paradis !

Parlo-nous toujour de Lauro,
    O douço auro !
Tu que, sempre a soun cousta,
Caressaves sa bèuta.
Jouino è puro coume l'aubo,
Quand venié dins lou valoun,
Boulegaves soun péu blound
    E sa raubo.
    E l'aureto dis :
    Ero un paradis !

                TÉODOR AUBANEL.

TRADUCTION

— Verte vallée qu'embrunit l'ombre fraîche, tu l'as vu dans tes romarins s'acheminer tout pensif. Cependant qu'il marchait, devant le maître d'amour, l'arbre, la plante et la fleur s'inclinaient.

Et la vallée dit : C'était un paradis !

— Sorgue bleue, qui erres et gazouilles au milieu des rochers, tu as retenu ses chansons. Sorgue bleue, dans sa barque, amoureux comme il n'en est plus, tu l'as porté dans sa splendeur, ton Pétrarque.

Et la sorgue dit : C'était un paradis !

— Parle nous toujours de Laure, ô douce brise ! Toi qui, sans cesse à ses côtés, caressais sa beauté. Jeune et pure comme l'aurore, quand elle venait dans le vallon, tu agitais sa chevelure blonde et sa robe.

Et la brise dit : C'était un paradis !

THÉODORE AUBANEL (1).

(1) *Li filho d'Avignoun.* — Comment écrire sur Vaucluse sans évoquer le souvenir de Théodore Aubanel, le Musset provençal, l'immortel poète des *filho d'Avignoun* et de la *Miougrano entreduberto*, sans adresser un hommage à sa mémoire ?

Valle che de'lamenti miei se'piena

(PÉTRAR., SONETTO CCLX)

Non, ce n'est pas à toi, Fontaine enchanteresse,
Que tant de cœurs vont rendre un hommage pieux !
D'autres rives, qu'une onde aussi pure caresse,
Sous un ciel aussi doux pourraient charmer nos yeux !

Non, c'est au souvenir d'une chaste tendresse !
C'est au divin poète, aimant et généreux,
Dont tes flots en passant nous redisent sans cesse
Les larmes, les tourments et les chants amoureux !

De la nuit du passé, source mystérieuse,
Tu triomphes ! Par toi, son ombre est radieuse !
Pétrarque t'a chantée et ton nom resplendit !

Chaque siècle t'apporte une aurore nouvelle ;
Le génie et l'amour t'ont rendue immortelle !
Comme ton fier rocher, ta gloire est de granit !

C. MÉNARD.

Juillet 1874.

L'aria, e l'acqua e la terra è d'amor piena

(PETRAR., SONETTO CCLXIX)

Ce que j'adore en toi, Vaucluse,
Ce n'est point ton flot frais et pur
Dont le baiser éternel use
Le granit de ton lit obscur;

Ce n'est point, nouvelle Aréthuse
Chère au poète de Tibur,
La chanson joyeuse et confuse
De ton onde au reflet d'azur.

Ce sont ces deux ombres légères
Que l'on voit, pendant les nuits claires,
Sous un pâle rayon, raser

De tes eaux le miroir limpide,
Errer un instant dans le vide
Et se fondre dans un baiser.

CH. RAFFALLI.

Juillet 1874.

Solo e pensoso

(Pétrar., sonetto XXVIII)

Fontaine de Vaucluse, ô séjour poétique,
J'ai rêvé bien souvent dans ton sentier étroit.
D'où viens-tu ? Qui le sait ? Et cet arbre rustique
Quelle main l'a planté jadis à cet endroit ?

Pourquoi dors-tu parfois dans ton roc magnifique ;
Où vas-tu donc ? Dis-le, car Dieu seul sait et voit !
Puis tu reviens soudain ; alors, source magique,
Le figuier desséché vers toi se penche et boit.

De Laure et de Pétrarque, ô vivante caresse !
Tes bords encore émus de leur chaste tendresse
Semblent faits pour donner asile au troubadour.

Aussi les cœurs aimants ici viennent sans cesse
Recueillant un parfum, un souvenir d'amour,
Exalter leur bonheur ou pleurer leur tristesse.

PAUL RIGAUD.

Juillet 1874.

Fresco, ombroso, fiorito e verde colle
ov'or pensando ed or cantado siede

(PETRAR., SONETTO CCV)

Que ne puis-je endormir mon cœur sur cette rive
Où Pétrarque chantait l'immortelle beauté,
En conviant sa muse à la sérénité
De ce désert rêveur que caresse une eau vive !

Le thym et le genièvre épars sur la déclive
Du rocher d'où le flot sort et fuit indompté,
Exhalaient un parfum dont la virginité
Semblait de leur amour l'haleine fugitive ;

Et, fidèle héritier des vers mélodieux
Qu'il surprit autrefois aux lèvres du génie,
L'écho reproduisait leur lointaine harmonie ;

Puis du voile d'azur les plis·capricieux
S'animant sous la brise, en des clartés mystiques,
Je voyais s'embrasser deux ombres poétiques.

Marquis DE VALORI-RUSTICHELLI.

Juillet 1874.

LA TOMBE DE LAURE

M. Gustave Bayle a découvert, dans la Bibliothèque publique de Montpellier, un volume sorti des presses de l'imprimeur lyonnais Jean des Tournes, en tête duquel ledit imprimeur avait publié une sorte de rapport au pétrarchiste Maurice de Scève, au sujet de la découverte, faite par ce dernier, de la tombe de Laure. Il résulte de ce rapport, daté du 25 août 1545, que Maurice de Scève était venu de Lyon à Avignon, en 1533, dans le but de se livrer à des recherches sur la personnalité de la maîtresse de Pétrarque.

Accompagné de Jérôme Manelli, de Florence, et de Messire Bontemps, grand-vicaire du cardinal de Medicis, archevêque d'Avignon, Maurice de Scève vit ses efforts couronnés de succès.

La tombe se trouvait dans la chapelle de Sainte-Croix, de l'église des Cordeliers, église située hors des remparts de la ville. C'est cette tombe que voulut, lors de son passage à Avignon, visiter François Ier et sur laquelle il fit inscrire une épitaphe composée par lui.

A côté des ossements, se trouvait une boîte dans laquelle était placé un parchemin plié, scellé de cire verte. Sur ce parchemin était écrit un sonnet en langue italienne. Ce sonnet est très beau de forme et d'idée, malgré les imperfections de style qu'on a cru y remarquer. Attribué par M. G. Bayle, au moyen des déductions les plus ingénieuses, à Lelius, l'ami de Pétrarque, ce document a une importance décisive au sujet de l'idendité de Laure. Le voici :

Qui riposan quei caste e felice ossa
Di quella alma gentile e sola in terra,
Aspro e dur sosso, hor ben teco hai sottera
El vera honor, la fama e beltà scossa.

Morte hà del verde Lauro svelta e smossa
Fresca radice, e il primo di mia guerra
Di quatri lustri et più s'ancor non erra
Mio pensier tristo : e l'chiude in poco fossa...

Felice pianta in borgo d'Avignone
Nacque e mori : e qui con ella giace
La penna e'l stil, l'inchiostro e la ragione.

O delicati membri, o viva face
Ch'ancor mi cuoggi et struggi, in genochione
Chiascun preghi il signor t'accetti in pace.

Mortal bellezza, indarno si sospira :
L'alma creata in ciel vivra in éterno,
Pianga il presente il futur secol privo
D'una tal luce et io degli occhi e il tempo.

TRADUCTION

« Ici repose la chaste et sainte dépouille de ce noble esprit qui n'eut pas d'égal au monde. Marbre insensible et cruel, tu recèles maintenant, au sein de la terre, l'honneur sans tache, la gloire et les ruines de la Beauté. »

« La mort a ébranlé, déraciné la verdoyante tige de mon laurier, douce récompense d'une lutte de plus de vingt ans, si le trouble de mon âme en deuil ne me trompe, et l'a ensevelie dans une tombe obscure. »

« Un faubourg d'Avignon vit naître et mourir cet arbre merveilleux : ici gisent avec lui la plume et le style, l'inspiration et ses œuvres. »

« Corps charmant, radieux visage qui, encore aujourd'hui, m'énivre et me brûle d'amour, que chacun, à genoux, prie le Seigneur de vous recevoir en paix. »

« Morte est la beauté! nos cœurs soupirent en vain. Ages présents et futurs, pleurez la perte de cet astre incomparable qui, en s'éclipsant, plonge mes yeux et notre siècle dans les ténèbres. »

———

Voici l'épitaphe de François Ier :

En petit lieu compris vous pouvez voir
Ce qui comprend beaucoup par renommée;
Plume, labeur, la langue et le scavoir
Furent vaincus par l'ayman de l'aymée.
O gentille âme, étant tant estimée,
Qui te pourra louer qu'en se taisant?
Car la parole est tousiours réprimée
Quand le subjet surmonte le disant.

Sonnets d'Alfieri

I

Rapido fiume, che d'Alpestra vena
Con maestà terribile discende,
Da tergo io lascio, e il mio pensiere intende
La dove l'aura è ancor sacra e serena.

Oh! di qual dolce fremito ripiena
L'anima in me di fiamma alta l'incende
Nulla omai, fra brev' ora, a me contende,
Che a gran fonte di Sorga io prenda lena.

Deh! quante volte, per quest' orme istesse,
Il divin vate alla sua chiusa valle
Pien d'amorose cure il piè diresse!

Vieni (ei mi grida) il buon sentier non falle
A chi davver tute speranze ha messe
Di gloria e d'amor pel disastroso calle.

II

Ecco, ecco il sasso che il gran carmi al cielo
Innalzan più, che la sua altera fronte.
Quindi il bel fiumicel d'amore ha fonte
Sacro, e par di Castalio, al dio di Delo.

Nobili invidia, e ch' io per ciò non celo,
Qui mi punge in pensar, che al mondo conte
Fia queste spiagge, e le bell' acque, e il monte,
D'un amante cantor l'ardente zelo.

S'io non men d'esso, in non men chiaro fioco
Ardo, e cantando, in pianto mi consumo,
Fama alla donna mia nieghera loco?

Deh! se in tuo caldo verseggiar mi allumo,
Gran Cigno, e se al mio dire ognor t' invoco,
Non di me, il vedi, ma' in te sol presumo.

III

Chiare, fresche, dolci acque, amene tanto
Chor veggio in copia scorrer tumidette,
Qui verso il piano infra le molli erbette,
Recando all' alma un disusato incanto :

Or brune, brune, s'io m'innoltro alquanto,
Movette all' ombra d'alte piante elette;
Or, s'io più salgo, infrà gran mossi atrette,
Mormoreggiando m'invitate al pianto.

Deh! se l'allor per forte amar si miete,
Piaccavi ch'oggi in purte almen si appaghe
Di voi mia lunga, ardente e nobil sete!

Se voci v'ha dell' avvenir preshage
Gran pezza, acque di Sòrga, non vedrete
Uom, cui di me più addentro amore impiaghe.

IV

Non pria col labro desioso avea
Attinto un sorso della limpid' onda,
Che une gran luce dalla apposta sponda,
Marivigliosa agli occhi miei sorgea.

Donna era tal, ch'ogni fulgor vincea;
E mi diceva, placida e gioconda :
N'essuna mai per carmi a me seconda
Fù, da che il mio cantor mi ha fatto dea.

Ma pur, tanta mi appar colei che accenni
Nelle tue calde sospirose rime,
Ch'io stessa vo' suo landi omai perenni.

Pari al soggetto avrai dolce sublime
Lo stil, che in don dal vate mio ti ottenni,
Con cui negli altri ei la sua fiamma imprime.

TRADUCTION

DE M. G. BAYLE

I

Je laisse derrière moi le fleuve rapide qui s'élance du sein des Alpes avec une majesté terrible, et ma pensée vole vers un lieu où l'on respire encore un air suave et sacré. — Oh! quel doux frémissement remplit mon âme embrasée d'un feu sublime! Rien ne m'empêche maintenant d'aller, pendant quelques heures, puiser du courage dans l'illustre source de la Sorgue. — Bien des fois, dans cette même route, le divin poète, plein de tendres sollicitudes, dirigea ses pas vers sa vallée solitaire. — « Viens, me crie-t-il, un chemin propice ne manque jamais à qui a vraiment placé toutes ses espérances dans la voie fatale de la gloire et de l'amour. »

II

Voici le rocher que des vers sublimes, plus encore que son front altier, élèvent jusqu'aux cieux. Ici est la source sacrée qui inspire l'amour, et où le dieu de Délos croirait voir sa chère Castalie. Ici, je l'avoue sans rougir, une noble envie m'aiguillonne, à l'aspect de ces rives, de ce mont et de ces eaux pures que l'ardeur passionnée d'un poète amoureux a rendus célèbres dans le monde entier. — Si autant que lui, et brûlant d'une flamme non moins généreuse, je chante et répands mon cœur en plaintes ardentes, la Renommée refusera-t-elle à ma dame une place dans son temple? — Ah! illustre cygne, si j'allume ma verve au feu de tes vers, et si je t'invoque pour inspirer ma muse, c'est sur toi, tu le sais, et non sur moi, que j'ose compter.

III

Ondes limpides, fraîches, douces et charmantes, que je vois maintenant couler à pleins bords vers la plaine, à travers les herbes soyeuses, et qui rendez à mon âme un bonheur oublié. — D'abord assombries, vous venez à ma rencontre, sous les ombrages de grands et beaux arbres, et, un peu plus haut, calmes et transparentes, au-dessous de hautes barrières, vous m'invitez, par vos doux murmures, à donner l'essor à mes soupirs. — Ah! s'il ne faut qu'un amour ardent pour moissonner des lauriers poétiques, permettez-moi d'apaiser, aujourd'hui, dans votre sein, au moins quelque peu, la longue et noble soif qui me dévore. — S'il y a des voix qui prophétisent l'avenir, pendant bien longtemps, eaux de la Sorgue, vous ne verrez personne dont le cœur soit, plus que le mien, blessé par l'amour.

IV

Ma lèvre altérée s'était à peine trempée dans l'onde limpide, qu'une clarté merveilleuse apparut à mes yeux sur la rive opposée. — Et, dans cette clarté, une dame d'une beauté sans égale. Son visage respirait la paix et la joie. Et elle me dit : « La lyre qui, dans les mains de mon
» poète, m'a placée au rang des déesses, ne créa jamais
» une gloire pareille à la mienne; — Cependant celle que
» tu peins dans tes vers brûlants et plaintifs me paraît si
» noble, que je veux moi-même rendre ses louanges impérissables. A ma prière, mon poète t'octroira le don
» d'un style doux et sublime comme ton sujet, et avec
» lequel il allume lui-même, chez les autres, le feu qui
» l'anime.

Une chaise de Pétrarque.
(A FLORENCE)

VIII

APPENDICE

LE RÉGIME INTÉRIEUR DE LA FONTAINE DE VAUCLUSE

Pour se faire une idée de l'importance de la Fontaine de Vaucluse, il faut savoir que le volume de cette source atteint quelquefois *cent vingt mètres cubes par seconde.*

Ce débit est celui des plus grandes crues. Les eaux, après s'être élevées, dans l'intérieur du gouffre, jusqu'à la hauteur de la voûte, et après avoir rempli l'espèce de cavité extérieure qui précède l'entrée de la grotte, se déversent sur la déclivité qui les amène, en cascades, jusqu'au contingent des sources inférieures (1).

Lorsque le débit de la source est descendu à 22 mètres cubes, les eaux cessent d'atteindre le seuil du déversoir ; et de nouveau se retirent, peu à peu, dans l'intérieur du gouffre, tandis qu'elles continuent de couler, par des fissures invisibles, à l'extrémité de la déclivité, laissant à sec, dans leur robe de mousse, les blocs énormes qui faisaient auparavant le lit des cascades. En 1869, le débit de la source descendit,

(1) Cette déclivité n'est pas inférieure à 0 m. 15 par mètre, sur une longueur de 200 mètres.

exceptionnellement, au volume 5 m. c. 5oo (1).

En étiage ordinaire, il est de 8 mètres cubes.

C'est à l'année 1683 que remonte la première constatation officielle d'une baisse excessivement considérable de la source. Ce niveau descendit à 19 m. 54 en contre-bas du déversoir (2).

Le 17 janvier 1833, il descendit à un pied et demi au-dessous.

Le 17 novembre 1869, la baisse atteignit un point inférieur de 1 m. 56 à celui de 1683. M. Reboul, géomètre, posa un repère à ce point, et en fit le zéro du sorguomètre. Enfin, le 27 mars 1878, le sorguomètre n'accusa qu'une hauteur de 0 m. 56.

M. Marius Bouvier, alors ingénieur en chef du département, aujourd'hui inspecteur général des Ponts et chaussées, saisit cette occasion pour faire procéder à des investigations très intéressantes dont il sera question ci-après.

---

(1) L'altitude des plus hautes eaux constatées est de 108,25; celle des plus basses eaux de 84,45; celle du seuil de déversoir de 105,55.

(2) P. Mignard, le peintre, fut chargé par le cardinal Nicolini, vice-légat du pape à Avignon, de faire cette constatation, et les deux inscriptions suivantes furent gravées par ses soins sur le rocher à la ligne d'eau :

M.DC.LXXXIII. DIE XXIII MART

ABBATE NICOLINO PRO-LEGAT. AVEN.

QUATUOR PALMIS INFERIUS DESCENDIT

Huc super ingentem solitus fons crescere concham,
Octoginta octo palmos decrescere visus.

XXIII Mart. Ann. M.DC.LXXXIII.

Franciscus Nicolinus Aven. cui cura guberni est,
Decrementum intùs futura in sæcla notavit.

Vue générale de la vallée de Vaucluse (dessin de Paul Sain).

M. Barral a constaté que la surface irriguée par les eaux canalisées de la Sorgue est de 2,115 hectares et que la force motrice utilisée produite par ces eaux se chiffre par 1,726 chevaux, D'après lui, l'accroissement de richesse qu'elles apportent à l'agriculture et à l'industrie du département s'élève annuellement à une somme de huit à neuf millions (1).

D'après J. Guérin (2), la température moyenne de la Fontaine de Vaucluse est de 10° 30 Réaumur, soit de 12° 75 au thermomètre centigrade. Voici, à cet égard, le tableau des constatations faites par lui à différentes époques de l'année 1807 (3) :

ÉPOQUES des OBSERVATIONS	PRÈS DU PONT du VILLAGE	PETITES SOURCES	AU SORTIR du BASSIN
15 février......	13 00	13 37	13 00
24 avril........	12 50	13 00	12 50
30 avril........	12 25	12 87	12 12
1er septembre...	13 50	13 55	13 43
27 novembre....	12 50	12 75	12 37

(1) Force motrice, chiffre brut . 5,238 chevaux. Force utilisée : 1,726. (*Les Irrigations dans le département de Vaucluse en 1877*, rapport de 1878, p. 245.)

(2) Rendons ici à J. Guérin ce qui lui appartient. C'est de lui que nous empruntons un grand nombre de renseignements pleins d'intérêt. Joseph-Xavier-Bénezet Guérin, docteur en médecine, était né à Avignon en 1775. Savant modeste et distingué, il publia plusieurs ouvrages d'histoire naturelle et, très épris du phénomène de Vaucluse, il publia en 1804 une monographie scientifique de la Fontaine. La seconde édition de cet ouvrage fut publiée en 1813. Seguin, à Avignon.

(3) J. Guérin a trouvé la même variation les années suivantes, à 0° 375 près. D'après M. Marius Bouvier, la température se maintient entre 12° et 14°. La température moyenne de la source du Grozeau, au bas du versant nord du Mont-Ventoux, près de Malaucène, est de 12° 25.

De ce tableau, il n'est pas sans intérêt de rapprocher celui que nous trouvons dans les comptes rendus
des observations de la Commission météorologique du
département de Vaucluse pour l'année 1889.

TABLEAU DES TEMPÉRATURES

de l'eau de la Fontaine de Vaucluse en 1889

MOIS		TEMPÉRATURES MOYENNES	
		AIR AMBIANT	SOURCE
Décembre	1888	9° 5	13° 0
Janvier	1889	8 2	12 2
Février	»	6 2	12 0
Mars	»	10 0	12 1
Avril	»	8 6	12 5
Mai	»	14 5	12 5
Juin	»	19 5	12 8
Juillet	»	27 6	13 3
Août	»	18 7	13 1
Septembre	»	19 8	13 2
Octobre	»	13 0	12 8
Novembre	»	12 0	12 0
MOYENNES			
Hiver	....	8 0	12 4
Printemps	....	11 0	12 3
Été	....	21 9	13 1
Automne	....	14 9	12 7
Année	1889	13 9	12 6
»	1888	13 9	12 7
»	1887	13 7	12 4
»	1886	16 4	13 2
Moyenne des 3 années 1889-88-87............		13 8	12 6
Moyenne des 4 années 1889-88-87-86.........		14 4	12 7

A un autre point de vue, les eaux de la source ont été l'objet d'une analyse intéressante de la part de J. Guérin. A défaut d'études plus récentes, nous croyons devoir reproduire les constatations de ce chercheur passionné, qui avait voué un véritable culte à la source vauclusienne.

ANALYSE CHIMIQUE DES EAUX DE VAUCLUSE

I

Qualités physiques

1º L'eau de Vaucluse est ordinairement aussi pure que le cristal. La limpidité fut altérée, il y a environ 25 ans, après de grandes pluies ; mais elle reprit bientôt sa transparence ordinaire.

2º Elle n'a point de saveur particulière.

3º Sa pesanteur spécifique ne diffère pas sensiblement de celle de l'eau distillée.

4º Sa température ne varie annuellement que de 1 degré (1º 25 centig.).

5º Sa température moyenne est de 10º 30 (13º 875 centig.).

6º Les principales plantes qui croissent sous les eaux de cette fontaine, sont :

Sium *latifolium.*
— *augustifolium.*
— *nodosum.*

PATAMOGETON *augustifolium.*
FONTINALIS *antipyretica.*
— *minor.*
HYPNUM *riparium.*
HEDWIGIA *aquatica.*

Cette dernière mousse couvre les rochers qu'on voit dans le lit de la Sorgue.

7° L'eau de cette source ne dépose à la longue qu'un peu de *carbonate de chaux.*

8° Elle sort d'un rocher calcaire qui fait partie d'une montagne assez considérable de la même nature. Les rochers qui ont roulé dans son lit et qui sont accumulés vers l'extrémité orientale du vallon sont aussi calcaires.

9° Cette source fournit, lorsqu'elle est haute, trois toises cubes d'eau par seconde, une seule lorsqu'elle est très basse et environ deux quand elle est médiocre.

10° Son principal réservoir est élevé d'environ 35 toises au-dessus du niveau de la mer.

II

Caractères chimiques, ou essais, par les réactifs.

1° L'eau de Vaucluse est excellente pour cuire la viande, les légumes, décrasser le linge et dissoudre le savon.

2° La teinture de tournesol n'en est pas sensiblement rougie.

3° Le prussiate de potasse n'altère point sa limpidité.

4° L'acide sulfurique concentré n'occasionne point de précipitation.

5° Quelques gouttes d'acide oxalique ne forment à la longue qu'un dépôt très léger.

6° L'eau de chaux ne la trouble pas d'une manière très sensible.

7° Le muriate de baryte (1) n'annonce que de légères traces de sulfate terreux; le nuage qui se forme au fond de l'eau est peu sensible.

8° Le savon, dissous dans l'alcool n'altère que très légèrement la limpidité des eaux de Vaucluse.

9° Le nitrate d'argent n'opère qu'une précipitation très peu apparente.

On voit, d'après l'action de ces principaux réactifs, que cette eau tient en dissolution : 1° du carbonate de chaux, 2° du sulfate de chaux, 3° de l'acide muriatique (2), 4° de l'acide carbonique libre.

Pétrarque parle plusieurs fois des poissons de la Sorgue, du plaisir qu'il éprouvait à les voir prendre par les pêcheurs de la vallée ou à leur tendre lui-même des filets.

Les poissons qu'on trouve dans la rivière sont : la

(1) Chlorure de baryum.
(2) Acide chlorhydrique.

truite (1), l'ombre chevalier (2), la loche (3), l'anguille (4), et la petite lamproie des rivières (5).

Il faut y joindre l'écrevisse (6), ce délicieux crustacé, qui semble avoir disparu complètement de la Sorgue depuis qu'il paie à la maladie qui règne dans un grand nombre de cours d'eau, dans le monde entier un tribut fatal... pour les gourmets.

Mais ce n'est point l'écrevisse seule qui disparaît de la Sorgue : « Cette rivière, dit M. Marius Bouvier,
» est naturellement très poissonneuse, et les espèces
» les plus estimées, la truite, l'anguille, l'écrevisse,
» s'y développent à plaisir, en y acquérant une chair
» exquise. Malheureusement, les déjections de plus
» en plus impures des usines, les procédés de pêche
» de plus en plus destructeurs, les imperfections
» même de la législation, qui a été conçue dans un
» esprit trop général pour tenir compte de la situa-
» tion exceptionnelle des cours d'eau de cette nature,
» sont venus mettre obstacle à ce développement, et
» depuis quelques années on peut craindre de voir
» bientôt tarir cet élément de richesse et de bien-être.
» Le conseil général de Vaucluse s'est ému de ce
» danger et l'a signalé à l'administration, qui se préoc-
» cupe aujourd'hui des mesures à adopter pour y

(1) *Salmo trutta* Linn; *S. oculis nigris, iridibus brunneis, pinna pectorali punctis* 6.
(2) *Salmo umbla* Linn ; *S. lineis lateralibus sursum recurvis, cauda bifurca.*
(3) *Cobitis barbulata.*
(4) *Muraena anguilla* Linn; *M. maxilla inferiore longiore, corpore unicolore.*
(5) *Petromyzon branchialis* Linn.
(6) *Cancer astacus* Linn; *C. thorace levi, rostro lateribus dentato : basi utrinque dente unico.*

» porter remède. » Mais M. Bouvier ne croit pas, sur
ce point, à des résultats sérieux, « tant qu'une modi-
» fication à la législation actuelle ne permettra pas de
» faire coïncider sur les cours d'eau, soumis, comme
» la Sorgue, à des conditions de température excep-
» tionnelles, les époques d'interdiction de la pêche
» avec celles du frai. » Ici, encore, nous semble-t-il,
le département ne paraît pas avoir, dans la personne
de ceux qui sont chargés de ses intérêts, une idée
exacte de ce qu'on doit à ce coin de Vaucluse, si plein
de charmes et d'attraits, et auquel tout au moins il
conviendrait de ne point enlever ce que lui a donné
la nature dans un de ses plus charmants caprices.

La Fontaine de Vaucluse a, depuis longtemps, posé
aux curieux et aux savants le problème de ses
origines. La puissance des eaux qui s'échappent de ce
rocher gigantesque, leur inaltérable pureté, le contraste
que font leur abondance et leur fraîcheur, avec l'aridité de la région au milieu de laquelle elles jaillissent,
les conditions de leur crue et de leur décroissance,
leur rapport avec l'orographie et la pluviométrie des
pays voisins; tout cela devait, en effet, solliciter à un
haut degré l'attention du géologue et de l'ingénieur
hydrographe.

Qu'est cette source? Ces eaux sont-elles une accu-
mulation des eaux de pluie recueillies en un réservoir
colossal dont cet orifice serait l'exutoire unique? Est-
elle l'extrémité d'une rivière souterraine dont l'origine
se trouverait sous les neiges éternelles des Alpes, et
qui aurait creusé son cours des frontières de la
Suisse ou des montagnes de la Savoie jusqu'à ce

coin-perdu, d'où, comme d'une urne d'abondance, la nature vide à ces campagnes privilégiées ces trésors que la terre a si longtemps gardés dans ses flancs mystérieux? Quelles formes, enfin, et quelles dimensions affectent ces réservoirs ou ces canaux invisibles, et n'y a-t-il point là, sous ces massifs formidables de calcaire, qui sont une branche des grandes Alpes, des merveilles à rechercher, à découvrir, pour les offrir à l'admiration universelle, le jour où la science moderne aurait ouvert les portes de ce monde inconnu? (1)

Dans le *Journal de Physique* — juillet 1772 — Buisson, auteur d'un article sur l'histoire naturelle du Comtat-Venaissin, concluait que les eaux de la Fontaine de Vaucluse viennent de très loin et d'une très grande profondeur, et cela en vertu de cette triple circonstance :

1o Leur température est à peu près constante ;

2o Leur surface demeure calme, même à l'époque de leur plus grand abaissement dans la cuvette de la grotte ;

3o Leur volume est habituellement égal dans le lit de la rivière.

« L'expérience prouve, en effet, conformément
» aux lois de la physique, dit M. G. Bayle, qu'un
» courant est d'autant moins soumis aux variations
» de l'atmosphère qu'il est plus éloigné des couches
» superficielles du sol. D'un autre côté, ajoute-t-il, si
» l'eau de la Sorgue sortait d'un réservoir situé sous
» les collines de Vaucluse et alimenté par les pluies

(1) Comme, par exemple, la rivière souterraine de Padirac, près de Rocomadour, dans le Lot.

La Fontaine de Vaucluse
(LA SOURCE BASSE)

» qui tombent sur ces collines et sur la chaîne du
» Ventoux, comme le pensent quelques géologues,
» elle formerait, en affluant, des ondulations sensi-
» bles, et, en même temps, son niveau serait sous la
» dépendance des pluies et des sécheresses de cette
» région. » (1)

M. Bayle, qui adopte cette opinion, ne croit donc
pas à l'existence d'un lac souterrain, ce qui est
l'hypothèse qu'au contraire J. Guérin a soutenue dans
son livre ; et il cite à l'appui de sa propre opinion
celle de M. Faujas de Saint-Font qui, dans ses notes
sur la Fontaine de Vaucluse, a émis l'idée que « la
» Sorgue est le prolongement extérieur d'un immense
» aqueduc souterrain, suivant l'axe de soulèvement
» de la montagne de Vaucluse et de celle de Lure,
» dans les Basses-Alpes, et recevant dans son par-
» cours toutes les infiltrations pluviales, toutes les
» neiges fondues, drainées sur une aire de plus de
» quarante myriamètres carrés. » Or, pense M. Bayle,
s'il est vrai que la quantité de pluie qui tombe annuellement à la surface de cette région déterminée est à
peu près la représentation exacte de la quantité d'eau
qui s'écoule par la Fontaine, il est nécessaire de
retrancher du total des eaux pluviales la part absor-
bée par l'évaporation et par l'absorption qu'en fait la
terre, c'est-à-dire la moitié, de sorte que la moitié
manquante doit venir de plus loin. M. Pelloux, dans
la *Revue de Provence* (1878), affirme même qu'il
n'existe pas une corrélation exacte entre les pluies de

(1) G. BAYLE. *Bulletin historique*, 1880.

cette région et les variations du niveau de la source.
Et, pour confirmer encore sa thèse, M. Bayle cite, en
outre, Maxime de Pazzis qui, dans un Mémoire de
Statistique sur le département de Vaucluse (1808),
admet, lui aussi, l'existence d'un canal immense qui,
descendant obliquement du côté de l'Est, apporterait
à l'orifice de Vaucluse les fontes continuelles des
neiges entassées au fond de certaines vallées des
Alpes. Là se trouve, d'après Maxime de Pazzis, le
fonds riche et assuré sur lequel repose la constance et
la beauté de la Fontaine. Et M. Bayle de conclure
que le régime véritable de la Fontaine repose sur ce
« fonds riche et assuré » des neiges et des glaciers
éternels, qui produit le volume normal et constant de
ses eaux, et, à la fois, sur le contingent des eaux plu-
pluriales, qui, lui, détermine ses crues presque exactement périodiques. La Durance coule à ciel ouvert, la
Sorgue a son cours caché, et les deux rivières sont
sœurs. « Ainsi, dit M. Bayle, la Sorgue, aux flots si
limpides, aux cascades d'argent et de cristal, serait la
sœur de ce torrent fangeux qui s'échappe des flancs
du mont Genèvre et auquel la destinée la réunit de
nouveau, après une courte séparation, dans le lit du
Rhône. »

Dans la séance tenue le 3 septembre 1879 à Montpellier, par l'*Association française pour l'avancement
des sciences*, M. Marius Bouvier donna lecture d'une
étude extrêmement remarquable sur la Fontaine de
Vaucluse, étude qui est consignée dans les annales de
cette association. Nous publions plus loin presqu'en
entier ce travail si complet, si lumineux, dans lequel
semble se révéler enfin d'une manière décisive le

mystère de cette source merveilleuse. L'éminent ingénieur y supprime d'abord, par un argument qui paraît
sans réplique, l'hypothèse que la Sorgue serait une
dérivation, par infiltration, des eaux de la Durance. Il
rappelle ensuite que la véritable explication du phénomène a été donnée par son oncle, M. Bouvier, qui
fut, lui aussi, ingénieur en chef du département de
Vaucluse. Voici comment s'exprimait ce dernier dans
les *Annales des Ponts et Chaussées*, en 1855 :

Le terrain néocomien, qui circonscrit le mont Ventoux,
se continue au sud et à l'est de cette montagne et occupe
un espace très considérable, qui s'étend de la Fontaine de
Vaucluse à Sisteron, c'est-à-dire règne sur 70 kilomètres de
longueur et dont la largeur varie entre 26 et 5 kilomètres.
C'est là, à mon avis, le bassin de la Fontaine de Vaucluse,
et j'ai été conduit à l'admettre en reconnaissant qu'on ne
trouve ni sources, ni puits, sur toute cette étendue ; que
comme pour le Ventoux, les ravins y sont constamment à
sec, si ce n'est dans des cas tout à fait exceptionnels ; que
les eaux de pluie, alors même qu'elles tombent sur des
cônes renversés, sont immédiatement absorbées, et que les
quelques villages qui sont bâtis sur cette espèce de désert
ne sont alimentés que par des eaux de citerne.
Cela admis, le bassin de la Fontaine se trouve naturellement circonscrit par les limites du terrain néocomien et
par le ravin très profond de la Nesque, qui le sépare du
mont Ventoux ; j'ai mesuré très exactement cette surface
sur la carte géologique, en traçant des lignes parallèles très
rapprochées, et j'ai trouvé qu'elle est de 96,500 hectares.
C'est un plateau élevé, où les pluies doivent être plus abondantes que dans la plaine, et, par les mêmes considérations
que j'ai développées plus haut, je prendrai 0^m85 pour le
chiffre de la hauteur d'eau qui y tombe annuellement.
Le volume total est donc de 850,250,000 mètres cubes ;
en divisant ce chiffre par 31,536,000, nombre de secondes
dans l'année, je trouve, pour le débit moyen des sources

alimentées par le bassin, 26 mètres cubes, volume qui
satisfait évidemment, soit au débit de la Fontaine de Vaucluse, soit aux pertes qui peuvent résulter de l'évaporation
ou des écoulements dont il est impossible de tenir compte.

C'est sur cette théorie que se sont appuyées toutes
les observations ültérieures dont, depuis, le régime de
la Fontaine a été l'objet ; elles devaient toutes avoir,
dès lors, pour but la recherche des rapports entre les
débits de la source et les quantités d'eaux météoriques
affluant sur le bassin qui alimente par des voies souterraines la source elle-même. Il s'agissait aussi de
déterminer l'étendue exacte et les limites du bassin
alimentaire. Les observations de la commission météorologique du département de Vaucluse, confirmant
chaque jour la théorie, n'ont cessé depuis 1873, année
où elles ont été commencées, d'apporter les éléments
les plus précieux pour la solution de ce problème complexe (1).

M. l'ingénieur en chef Hardy, se basant sur ces
observations dans une sorte de rapport d'ensemble,
qui n'a été qu'autographié et qu'il est difficile de se
procurer aujourd'hui, a résumé et analysé d'une façon

----

(1) M. Barral a reproduit dans son rapport précité le tableau
graphique des observations d'une année (décembre 1875 à
novembre 1876). Ce dessin représente d'abord les hauteurs
d'eau de pluie tombée chaque jour pluvieux à Sault, Bedoin,
Lagarde, Saint-Christol et Murs, postes qu'on présume situés
sur le bassin de réception des eaux de pluie qui alimentent la
Fontaine. Au-dessous, se trouve la courbe des variations corres-
pondantes constatées chaque jour durant la même année dans
les débits de la source. Ces mesures des débits avaient lieu à
l'échelle du bassin des Espélugues, situé à 5 kilomètres de la Fontaine ; M. Marius Bouvier décida de les transporter au pied de
la Fontaine afin d'obtenir une représentation plus sensible des
variations.

très intéressante les résultats de ces observations pour les années 1873, 1874 et 1875, en faisant application de ces résultats à la théorie de M. Bouvier.

La source à niveau élevé
DESSIN DE KARL, DAPRÈS UNE PHOTOGRAPHIE D'ISNARD, DE CARPENTRAS

ANNÉE 1873. — Les crues de la rivière de Vaucluse ou, ce qui est la même chose, les augmentations du débit de la Fontaine ont eu lieu un, deux ou trois jours après la pluie, suivant son intensité.

En été, il n'y a pas eu de crues proprement dites, quel‐
qu'abondantes qu'aient été les pluies dans la région
supérieure. C'est exclusivemrnt en hiver qu'elles se sont
produites. Une pluie du 17 au 19 août, assez forte, puis‐
qu'il est tombé 37 millimètres d'eau à Savoillans, Saint-
Christol et Murs, n'a occasionné en effet qu'une crue de
2 centimètres, tandis qu'une pluie de 33 milllimètres dans
les mêmes localités, du 7 au 10 novembre, en a produit
une de 14 centimètres.

La très grande promptitude avec laquelle l'eau de pluie
grossit le débit de la Fontaine de Vaucluse indique que la
couche de terrain perméable par laquelle elle s'infiltre en
certains points est peu épaisse, et que, pour arriver à
son point d'émergence, elle parcourt des canaux souterrains
largement ouverts, dans lesquels sa marche n'éprouve que
peu ou point de retard. L'absence de crues par les pluiës
d'été, que n'expliquent que jusqu'à un certain point les pertes
résultant de l'évaporation et de l'imbibition, peut aussi
faire supposer qu'il existe, dans les parcours souterrains de
l'eau, des cavernes ou réservoirs dans lesquels elle s'emma-
gasine. Il ne serait pas impossible que, par suite des éboulements intérieurs du genre de ceux que la nature limoneuse
des eaux de la Fontaine a pu faire supposer une ou deux
fois de nos jours, ces réceptacles aient acquis, dans la série
des temps, d'assez grandes proportions.

En été, alors qu'il n'a pas plu depuis longtemps, les
réservoirs sont vides et l'eau les remplit sans s'épancher
d'une manière sensible, au dehors ; en hiver, après les premières pluies, ils sont pleins ; il n'y a plus de place pour un
nouvel emmagasinement et toute l'eau qui tombe sur le sol
perméable et s'y filtre vient grossir le débit de la Fontaine
et produit les crues.

ANNÉE 1874. — Les crues des premiers mois de l'hiver
ont été beaucoup moins fortes que celles de l'année précédente, parce que, probablement, le commencement de
l'année a trouvé le réservoir intérieur moins bien alimenté
qu'en 1873 à la même époque. Les pluies, à Savoillans, à
Saint-Christol et à Murs, ont été aussi un peu moins abon-

dantes, mais celles observées à Savoillans ne le cèdent en rien à celles de l'année précédente dans cette localité, ce qui pourrait faire supposer que les pluies tombées dans cette région, qui n'appartient pas, du reste, au même bassin orographique que la Fontaine de Vaucluse, ne contribueraient pas à son alimentation. Peut-être en est-il de même de Bedoin.

L'existence des réservoirs intérieurs de la Fontaine de Vaucluse a déjà été présumée. Dans un rapport au syndicat de Vaucluse, imprimé en 1870, M. Reboul, géomètre de ce syndicat, a émis l'idée de les utiliser pour augmenter le débit de la fontaine pendant l'été, en emmagasinant une plus grande quantité d'eau pendant l'hiver au moyen de relèvement du seuil au-dessus duquel, dans certains moments, le déversement se produit. La principale objection qui a été opposée à la proposition, est, nous a-t-on dit, que l'augmentation de pression résultant du relèvement du plan d'eau pourrait ouvrir de nouvelles issues aux eaux, qui alors s'écouleraient dans une autre direction. Nous ne croyons pas cette crainte parfaitement fondée, parce que nulle autre part l'eau ne trouvera plus de facilité à s'écouler qu'au pied même de la Fontaine où elle s'épanche actuellement, et que tout ce qu'on risquerait ce serait d'augmenter ce mode de vidange, qui, dans tous les cas, serait toujours moins actif que le déversement par dessus le seuil. Il n'y aurait donc peut-être pas grand danger à expérimenter le moyen proposé par M. Reboul. Resterait à prendre en considération le côté pittoresque de la question et à examiner jusqu'à quel point l'utilité espérée pourrait compenser, sinon le sacrifice complet, tout au moins l'amoindrissement, sous le double rapport de la fréquence et de la durée, de la belle cascade dont se glorifie à juste titre le département de Vaucluse.

Si, par suite de circonstances favorables, comme, par exemple, une grande pluie sur une station pluviométrique, tandis qu'il n'en tomberait pas aux autres, on parvenait à circonscrire par élimination la contrée perméable communiquant avec les canaux souterrains de la Fontaine de Vaucluse le plus efficacement pour son alimentation, on pourrait peut-être augmenter le débit pour cette Fontaine, au grand profit de l'agriculture et de l'industrie, en retardant l'écoulement superficiel des eaux dans cette contrée par les moyens ordinaires, savoir : des reboisements, des retenues d'eau dans les vallées ou des fossés à faible pente convenablement tracés d'après les indications géologiques. Il pourrait donc y avoir plus qu'un intérêt de curiosité dans l'étude que nous avons entreprise, et on jugera sans doute qu'elle mérite d'être continuée.

ANNÉE 1875. — A l'inspection des courbes qui représentent, d'une part, les pluies à Savoillans, Bedouin, Lagarde, Saint-Christol, Murs, et, d'autre part, celle des hauteurs des Sorgues, c'est la faiblesse du débit de la Fontaine qui frappe : elle n'a déversé que deux fois, du 10 au 18 avril et du 23 au 27 octobre, soit pendant vingt-deux jours en tout. Ces déversements, comme les variations de niveau, ont eu lieu, ainsi qu'il a été remarqué pour les années 1873 et 1874, très peu de temps après la pluie. Une exception s'est produite cependant, en ce qui concerne une assez forte pluie à Savoillans, à la fin de février, tandis qu'il n'en était indiqué que peu ou point aux autres pluviomètres. Cette pluie n'a causé aucune variation appréciable dans le débit de la Fontaine, ce qui confirmerait que la pluie tombée à Savoillans ne contribuerait pas à l'alimentation de cette source. Aussi, pensons-nous que, pour les observations du régime de cette Fontaine à partir de 1876, il conviendra de substituer Sault à Savoillans.

M. Marius Bouvier ayant succédé à M. Hardy, c'est lui qui nous fournira les observations suivantes, pour l'année 1876 :

La comparaison des hauteurs de pluie dans le bassin de réception avec les courbes des débits fait ressortir avec quelle promptitude s'établit la correspondance des deux phénomènes, tout en accusant une certaine lenteur dans la décroissance du débit lorsque la pluie a cessé. Il s'est produit cependant, à cet égard, lorsque la fontaine était basse et que son débit était inférieur à environ 15 mètres, des anomalies dignes d'appeler l'attention. Ainsi, dans de pareilles conditions, des pluies d'une certaine importance survenues du 1er au 5 décembre, du 15 au 25 août, du 20 au 25 octobre, du 10 au 15 novembre, n'ont déterminé aucune surélévation dans la courbe des débits et n'ont pas même empêché sa décroissance. La rapidité avec laquelle l'influence des pluies de même importance s'est fait sentir à d'autres moments ne permet guère d'expliquer ces anomalies par la seule présence de plus ou moins d'humidité dans les couches traversées ; et elles semblent confirmer les prévisions déjà émises sur l'existence de vastes réservoirs souterrains, d'où les eaux s'échappent par des espèces de siphonnements et dans lesquels elles s'accumulent jusqu'à ce que les siphons soient amorcés. . .

Il est assez naturel d'admettre que les réservoirs souterrains, s'ils existent, affectent la forme de voûte et que leur capacité se restreint au fur et à mesure qu'on se rapproche du sommet ; les indications de l'expérience sont d'accord avec cette hypothèse, puisque la courbe des débits obéit facilement à l'influence des moindres pluies lorsque le niveau des eaux est élevé, tandis qu'elle est généralement peu sensible lorsque la Fontaine est basse. D'autre part, dans cette dernière situation, on voit persister pendant plusieurs mois, et malgré une sécheresse prolongée, des débits variant de 5 à 10 mètres cubes qui, eu égard à la nature fissurée du terrain, accusée par la rapidité de la correspondance des pluies et des débits en temps de hautes eaux, ne peuvent guère être attribués aux infiltrations lentes des eaux de pluie, et cela semble donner un grand crédit à l'hypothèse de vastes nappes intérieures servant de bassins alimentaires et sujettes à de faibles variations de niveau. . .

Il suffirait, s'il en était ainsi, de pénétrer jusqu'à ces nappes ou même seulement de s'en rapprocher de manière à donner plus de facilité aux écoulements, pour disposer de volumes considérables ; des galeries souterraines sur l'emplacement des sources inférieures conduisant peut-être au but, on n'aurait plus ensuite qu'à fermer leurs ori-

fices de sortie au moyen de vannes, pour disposer à volonté de ces volumes et les utiliser à la régularisation des
débits.

Toutefois, l'ensemble des observations recueillies jusqu'à
ce jour ne peut être considéré que comme donnant des
présomptions à cet égard; il y a lieu d'espérer que des
observations ultérieures plus complètes, surtout lorsqu'il
aura été possible de bien circonscrire le bassin d'alimentation de la Fontaine, permettront de reconnaître avec plus
de certitude ce qu'elles peuvent avoir de fondé, et de définir avec plus de précision les conditions intérieures du
régime de la Fontaine de Vaucluse.

M. Marius Bouvier écrivait ces lignes en 1877.
Dans le courant de l'année suivante, ainsi qu'on l'a vu
plus haut, une diminution extraordinaire se produisit
dans le niveau de la source. Cette circonstance servait
à souhait les vues de M. Bouvier, qui saisit l'heureuse
occasion de pousser plus loin ses observations et qui
fit faire dans ce but les expériences dont nous le laisserons parler lui-même tout à l'heure. Le lecteur a
suivi avec nous les phases de la question ; il lui sem-
blera qu'on marche à sa solution positive en lisant
les pages si attachantes de son mémoire.

Ces pages les voici :

ÉTENDUE DU BASSIN ALIMENTAIRE

On sait que le calcaire néocomien est formé de couches
puissantes, placées a la base du terrain crétacé et traversées
par des fissures, des crevasses, des conduites en forme de
boyaux irréguliers et des cavernes, qui communiquent les
unes avecles autres et dont l'allure est indépendante de la
stratification. Ces crevasses et cavernes sont connues en
quantités innombrables dans toute la bande néocomienne
qui s'étend des Alpines jusque dans le Jura Bernois; ainsi,

dans les Bouches-du Rhône, le Gard, Vaucluse, la Drôme, l'Ardèche, les montagnes de Voiron et de la Chartreuse, tout l'ouest de la Savoie, les montagnes de Vaud et de Neufchâtel, elles sont très multipliées et le plus souvent elles recueillent les eaux pluviales pour les rendre sous forme de sources abondantes.

A l'époque éocène, elles ont fréquemment donné passage à des eaux ascensionnelles qui ont amené à la surface du sol des dépôts de fer hydraté, d'argile réfractaire et de sable exploités dans un très grand nombre de localités. Dans Vaucluse, on trouve encore quelques-unes de ces crevasses remplies de fer hydraté à Lagnes, aux environs de Simiane, à Gordes, à l'ouest du mont Ventoux (Baume-du-Chat) ; de plus, les dépôts formés par ces extravasements, désignés sous le nom de terrains sidérolitiques, y occupent de vastes étendues et y forment, sur certains points, comme au nord d'Apt, à Roussillon, à Bedouin et à Mormoiron, de véritables montagnes, et si l'on songe que ces masses ont été expulsées des crevasses du terrain néocomien voisin, on peut juger de l'immensité des vides souterrains qu'elles y ont laissés.

En consultant la carte géologique de la région (1), on voit que ce terrain néocomien s'étend en masse puissante depuis Sisteron à l'est, où il apparaît en pointe, jusqu'à la plaine du Comtat, vers laquelle il se dirige en s'élargissant et en s'inclinant. Il repose au nord sur les assises compactes du calcaire oxfordien, puis il est délimité de ce côté par la vallée profonde du Thoulourenc, sur le versant rive gauche de laquelle, à une grande hauteur, apparaissent les assises marneuses, qui forment la couche inférieure du néocomien et dont l'imperméabilité s'oppose à l'écoulement des eaux souterraines. Au sud, le versant rive droite de la Durance, où apparaissent successivement les dépôts tertiaires, les assises compactes de l'oxfordien et les couches marneuses du néocomien inférieur, lui sert de limite. Enfin, à l'ouest, il est recouvert à son pied des dépôts tertiaires qui vont rejoindre la plaine du Comtat.

(1) Voir la carte ci-après.

Il forme donc un vaste triangle, dirigé de l'est à l'ouest, ayant son sommet à Sisteron, ses côtés sur les versants rive gauche et rive droite du Thoulourenc et de la Durance, sa base sur la ligne supérieure des dépôts tertiaires de la plaine.

Entre ces limites est concentrée une grande et puissante masse néocomienne, fissurée et crevassée dans tous les sens et toute disposée pour recevoir, dans des cavités souterraines immenses, les eaux de pluie qui tombent à sa surface; elle repose sur un fond d'assises marneuses imperméables et elle est bordée, de toutes parts, de terrains également imperméables; il est évident, dès lors, que les eaux de pluie doivent s'y réfugier et s'y emmagasiner jusqu'à ce qu'elles puissent trouver une issue par le point le plus bas de la ceinture qui les enferme. Ce point bas c'est la Fontaine de Vaucluse, et on conçoit que, dans de pareilles conditions, cette Fontaine, tout en étant soumise aux variations de la pluie sur la surface du bassin alimentaire, reste toujours largement alimentée et qu'elle conserve toujours sa limpidité.

Qu'on imagine une vaste éponge, pourvue de larges et nombreuses cellules, posée sur un fond imperméable et entourée d'un mastic également imperméable, qui s'élève, tout autour d'elle, à une grande hauteur et dont l'arête ne s'abaisse que sur un seul point; qu'on suppose ensuite qu'on verse de l'eau d'une manière discontinue sur cette éponge, et on aura la représentation de ce qui se passe dans le bassin de la Fontaine. Les cellules commencent par s'humecter, puis le fond du bassin se remplit jusqu'au niveau du point bas, ensuite un écoulement constant s'effectue par ce point; il variera sans doute avec la quantité d'eau versée, mais il subsistera pendant longtemps, quoique le versement de l'eau ait cessé et l'introduction d'eaux troubles, s'il n'y a pas excès, n'altérera pas sa limpidité.

Le néocomien ne règne pas cependant sur tout l'espace triangulaire que je viens de définir : la chaîne de Lure, le mont Ventoux, les monts et les plateaux de Vaucluse, l'ossature du Lubéron lui appartiennent, sans doute; la gorge de la Nesque elle-même, quelque profonde qu'elle soit, a

Une vue de la Sorgue, près de la source
Dessin de KARL, d'après un croquis de L. BILL.

été creusée dans sa masse; et, contrairement à l'opinion de M. Bouvier, qui en faisait la limite nord du bassin alimentaire de la Fontaine, son lit, presque toujours desséché, nous paraît attester que les eaux de ses versants vont se rendre dans la réserve commune. Mais dans la vallée du Coulon, située entre les monts Vaucluse et le Lubéron, le néocomien est recouvert de dépôts subséquents : grès vert, déjections sidérolitiques, terrains tertiaires, qui y règnent presque partout et se relèvent à de grandes hauteurs sur les deux versants. Le néocomien n'y apparaît que sur un point, au-dessous d'Apt, dans le fond même de la vallée, aux abords d'un ouvrage romain appelé le pont Julien; il y affecte la forme d'une bande étroite et allongée placée au milieu des terrains sidérolitiques et de grès vert, qui, peu consistants et faciles à enlever par les érosions, ont diparu pour le mettre à découvert. Sa seule présence sur ce point, à une altitude de 160 mètres, notablement supérieure encore à celle de la Fontaine, dont le seuil est à 105m 55 et dont les sources les plus basses émergent à la cote 82, me paraît suffire cependant pour démontrer qu'il existe dans toute l'étendue de la vallée et qu'il se continue sans interruption, en-dessous des terrains dont je viens de parler, du Ventoux et des monts de Vaucluse à la crête du Lubéron. Le relèvement de ses couches, en approchant de cette crête, et l'inclinaison de leur stratification inverse de celle du Ventoux me donnent donc lieu dè penser que ces deux chaînes forment les limites sud et nord du bassin alimentaire et que la vallée du Coulon, au moins dans sa partie supérieure, où la présence du grès vert ne met pas obstacle à l'infiltration des eaux, y est comprise, de même que celle de la Nesque.

Cette opinion est conforme à la description de la Fontaine de Vaucluse donnée par Élisée Reclus dans sa *Géographie universelle*.

« Quand les pluies, dit-il, ont été fortes sur les plateaux voisins, tout percés d'avens ou abîmes qui laissent pénétrer les eaux dans les fissures sous-rocheuses; quand la Nesque ou le Calavon (le Coulon) qui coulent, l'une au nord, l'autre au sud du massif de calcaires caverneux et désagrégés de Vaucluse, ont gonflé la source par leurs infiltrations souterraines, elle déborde par-dessus le talus de débris et descend du seuil de l'ouverture en cascade. »

C'est d'après cet ensemble de considérations que me paraît devoir être fixée la ligne terminale du bassin alimentaire de la Fontaine. Elle traverse la vallée de la Nesque dans sa partie inférieure et elle sépare, à l'extrémité ouest du Ventoux, une certaine surface du néocomien formant le bassin alimentaire de la source du Grozeau, qui jaillit au-dessus de Malaucène, à une altitude de 440 mètres, avec un débit d'étiage d'environ 200 litres par seconde. Dans la vallée du Coulon, elle remonte de manière à atteindre des niveaux sensiblement supérieurs à celui du seuil de la Fontaine de Vaucluse, et elle sépare également, sur l'extrémité ouest du Luberon, une surface d'une certaine étendue, dont les eaux semblent devoir se rendre dans les alluvions de la Durance, sous lesquelles plonge le néocomien aux environs de Cheval-Blanc et de Mérindol.

Ainsi défini, ce bassin sensiblement plus étendu que ne l'a supposé M. Bouvier, occupe une surface totale de 165,000 hectares; comparée à la hauteur moyenne des pluies constatées aux stations dont j'ai parlé, laquelle a été de 0m 55 de 1874 à 1878, et au débit moyen de la Fontaine de Vaucluse, lequel a été de 17 mètres cubes pendant la même période, elle fait ressortir un volume d'infiltrations souterraines qui représente les 60 o/o de la hauteur d'eau tombée. C'est là une proportion rationnelle, qui semble justifier la ligne terminale que j'ai admise. Je ne prétends pas cependant lui attribuer dès à présent un caractère absolument certain; je ne la formule que comme une probabilité, et je laisse à des expériences ultérieures, assez faciles à réaliser, comme on le verra tout à l'heure, le soin de déterminer, avec une plus grande précision, les limites réelles de ce bassin.

LES AVENS

Cette structure particulière du sol intérieur du terrain néocomien, cette excessive perméabilité à laquelle participent les couches supérieures du grès vert, ces cavernes spacieuses qui servent de réceptacle aux eaux de pluies, les facilités que celles-ci éprouvent à s'y rendre et à y circuler, enfin les dislocations qui ont accompagné, à l'époque éocène, l'expulsion de ces masses sidérolitiques qu'on retrouve sur tant de points, ne peuvent manquer d'être accusées à la surface. Aussi est-elle criblée de ces espèces de puits naturels, abîmes souvent insondables, qu'on rencontre dans tous les terrains de cette nature et qu'on désigne, tantôt sous le nom de « tindouls », tantôt sous celui « d'avens ». C'est cette dernière dénomination qui a prévalu ici, et les avens jouent un rôle important dans les histoires et les légendes locales. Beaucoup d'entre eux ont des noms connus et sont l'objet de récits plus ou moins authentiques ; je me bornerai à citer les plus remarquables :

Celui de Cruis, situé près du village de ce nom, arrondissement de Forcalquier, dont le diamètre supérieur n'est pas moindre de 33 mètres, est de ce nombre. Il passe pour avoir englouti, dans une nuit obscure et par une tempête, un berger et son troupeau, et la légende ajoute que l'on vit, quelque temps après, sortir de la Fontaine de Vaucluse le bâton du berger. La tradition raconte qu'on y précipita autrefois les femmes adultères. On lit dans l'*Histoire générale de Provence*, dit M. Pelloux, qu'un prêtre voulut connaître l'intérieur du gouffre et en sonder les profondeurs ; mais il fut tellement effrayé par les oiseaux nocturnes et par les spectres qu'une imagination troublée lui fit entrevoir qu'il en devint fou le reste de ses jours. Plus tard, vers la fin du siècle dernier, M. Verdet d'Ongles, muni d'un thermomètre, d'une lanterne, d'une petite poulie, d'une longue corde terminée par une boule de plomb et d'une seconde corde plus forte, put y faire plusieurs fois des observations intéressantes ; il descendit jusqu'à 66 mètres, y resta une heure sans que sa lanterne s'éteignit et sans qu'il éprouvât la moindre gêne à respirer, et il constata que le thermomètre, qui marquait 22° centigrades à l'orifice, était descendu, au point où il était parvenu, à 8°.

M. Pelloux signale aussi l'aven de Coutelle, à l'ouest de Lardiers, arrondissement de Forcalquier, dans lequel on découvre une grande cavité latérale dont le toit est parsemé de plusieurs groupes de belles stalactites ; les pierres qui tombent dans cet abîme s'arrêtent quelquefois, au bout de sept secondes, sur un rocher formant saillie, mais bien souvent elles franchissent cet obstacle et, continuant leur chute, elles produisent un bruit que l'on entend encore au bout de douze et même de quatorze secondes, lequel va s'affaiblissant de plus en plus sans que rien indique que la pierre ait cessé de descendre vers les entrailles de la terre.

J'ai chargé moi-même, ces temps derniers, M. le conducteur des ponts et chaussées Vial de faire des recherches sur les avens de la région vauclusienne et d'opérer des sondages sur un certain nombre d'entre eux ; il a été généralement assez difficile d'obtenir des résultats un peu concluants, à cause de la direction inclinée que prennent ordinairement ces puits naturels et des obstacles que la sonde ne tarde pas à y rencontrer ; trois de ces sondages ont cependant donné des résultats intéressants :

Celui de l'aven du Toumple, qui est situé à un kilomètre et demi au nord-ouest du château de Javon et dont l'ouverture rectangulaire a 1 mètre sur 4 mètres. Sa profondeur a pu être mesurée jusqu'à 95 mètres.

Celui de l'aven du Grand-Gérin, qui est situé dans le voisinage de la Devandoure, dans un ravin aboutissant à la combe Malavard et qui présente la particularité de deux ouvertures jumelles, séparées d'abord par un rocher sur 10 mètres de profondeur et n'en formant qu'une ensuite. La sonde a pu y descendre aussi jusqu'à 95 mètres.

Enfin celui de l'aven Jean-Nouveau, qui est situé à 2 kilomètres au sud-ouest de Sault. La sonde y est descendue à 180 mètres. Son orifice a la forme d'un entonnoir, dont le diamètre, d'abord de 10 mètres, n'est plus que de 2m.50 à 5 mètres de profondeur.

DÉTERMINATION DES LIMITES DU BASSIN ALIMENTAIRE

Le nombre des avens qui apparaissent à la surface du sol est considérable, mais il en existe encore beaucoup qui sont invisibles, soient qu'ils se soient fermées naturellement sous l'action des apports chariés par les eaux de pluies, soit qu'ils aient été bouchés par les habitants, soit, et il doit y en avoir beaucoup dans ce cas, que leurs orifices aient été obstrués ou recouverts, quelquefois sur de grandes hauteurs, par l'espèce de lave sidérolitique qui s'est extravasée par leur canal.

Il arrive parfois que ces derniers, sous l'action lente et répétée des infiltrations pluviales et par l'entraînement, dans les cavités inférieures, de la terre de recouvrement, viennent à se déboucher et à apparaître à la surface. L'un de ces éboulements, survenu aux environs de Saint-Christol, dit Scipion Gras, et provoqué par une pluie violente, a donné lieu, vers la fin du siècle dernier, à un fait très remarquable qui paraît authentique. Peu de temps après la chute de la terre, la Fontaine de Vaucluse a pris une teinte ocreuse et elle est restée ainsi colorée pendant plusieurs jours.

Ce fait est une preuve de la relation qui existe entre les avens répandus sur la surface du bassin alimentaire de la Fontaine de Vaucluse et les immenses galeries ou cavités qui servent de réceptacle à ses eaux; il indique le moyen de déterminer avec plus de précision les limites du bassin alimentaire. On peut, en effet, en utilisant le pouvoir colorant de la fluorescine, qui est tel qu'une partie de ce corps peut être reconnue dans 20,000,000 de parties d'eau, renouveler l'expérience suivante faite sur la proposition de M. Ten Brink, pour reconnaître si les sources de l'Aach quoique éloignées d'environ 14 kilomètres, sont alimentées par les eaux du Danube :

« Le 9 octobre 1877, à cinq heures du soir, on versa
» dans le Danube 5c litres environ d'une dissolution de

» fluorescine; le 12 octobre, les observateurs s'assurèrent
» que les eaux de l'Aach étaient colorées; il avait fallu
» soixante heures pour que les eaux colorées traversassent
» le sol; la coloration augmenta dans cette journée du
» matin au soir et fut nettement visible jusqu'au 13 octobre
» à 3 heures du soir. Il ne pouvait y avoir aucun doute et
» il fut reconnu que l'Aach est alimenté, au moins en
» partie, par les eaux du Danube (1) ».

On peut aussi recourir à une autre matière colorante ou
à une dissolution saline et en verser successivement une
quantité suffisante dans les avens situés sur les confins
présumés du bassin. L'altération des eaux de la source fera
connaître la correspondance de son bassin avec les avens
expérimentés, et le temps de sa transmission fournira des
indications précieuses sur les difficultés du trajet des eaux
souterraines et surtout sur l'importance de la masse liquide
interposée obligée de subir une altération générale avant
qu'elle puisse être constatée à la source. C'est donc là une
expérience intéressante à tenter et à suivre avec une grande
attention dans toutes ses manifestations.

CONFIGURATION SOUTERRAINE DU BASSIN

Mais l'étude de la Fontaine de Vaucluse ne doit pas se
borner à la détermination de l'étendue et des limites de son
bassin; il faut aller plus loin et pénétrer dans l'intérieur du
sol pour bien connaître la constitution intime de son régime. C'est surtout là qu'on doit s'attendre à des révéla-
tions curieuses et inattendues, à des découvertes utiles, et
on peut dire que les recherches extérieures dont je viens
de parler, quelque intérêt scientifique qu'elles paraissent
présenter, ne doivent être considérées que comme le pré-
lude de celles qu'il conviendra de faire dans les entrailles
de la terre.

Tout porte à croire, en effet, qu'on doit trouver ici la
reproduction des phénomènes merveilleux qu'une nature

(1) *Annales des Ponts et Chaussées.* — Chronique d'avril
1876.

moins avare de ses secrets a permis de découvrir dans le Karst de l'Istrie et de la Karniole. Là aussi on est dans les terrains crétacés inférieurs et on rencontre, en grande abondance, une argile ferrifère d'un rouge intense, désignée sous le nom de *Terra rosa du Karst*, qui ne me paraît être autre chose que la terre sidérolitique de Vaucluse; les circonstances hydrographiques y sont aussi les mêmes :

« C'est le calcaire, dit le docteur Tietze, qui a donné lieu à la configuration des montagnes et des vallées de la chaîne tout entière. Il détermine aussi la manière dont se recueillent et se distribuent les eaux de pluie. Mais comme ce calcaire compte parmi les roches les plus destructibles et les moins résistantes à l'action des eaux, il devient clair que ces montagnes doivent être traversées par de nombreuses fissures, des trous, des excavations. C'est cet état qui explique aussi pourquoi, dans le Karst, les eaux atmosphériques ne forment nulle part de réseau de cours d'eau présentant un écoulement régulier. Les pluies sont absorbées immédiatement par le sol ou bien elles se déversent, après un court trajet à la surface, dans les crevasses et les fentes qui existent de tous côtés. A l'intérieur des montagnes, elles se rassemblent dans des cavernes servant de réservoirs, dont beaucoup ont entre eux des communications. »

Parlant des nombreuses excavations souterraines, l'auteur cite ensuite les grottes d'Adelsberg qui ont pu être explorées sur une longueur de 3,000 toises (1) et qui sont traversées, depuis Adelsberg jusqu'à Flanina, par une rivière, la Poïka, qui, en revenant au jour près de Flanina, échange son nom contre celui de Unze. Une autre rivière, la Rekka, présente aussi un cours souterrain. Cette dernière s'infiltre dans le massif calcaire de Saint-Canzian et ne revient au jour que près de son embouchure dans la mer, à Duimo. Son parcours souterrain comporte 5 milles, ou 38 kilomètres. Les nombreuses ouvertures qui existent

(1) Le mille autrichien a une longueur de 7,586 mètres : la toise de 1 m. 896 : le pied de 0 m. 316.

sur la surface du sol présentent souvent une forme plus
ou moins verticale. Ce sont des trous, des crevasses et des
entonnoirs d'une largeur et d'un diamètre qui varient
d'une toise à un quart de lieue d'étendue. A Ternetisch se
trouve un gouffre vertical de 570 pieds (180 mètres) de
profondeur et près de Bassovitz il existe, dans un affaissement, un trou qui n'a qu'un diamètre de 6 pieds, mais une
profondeur de plus de 500 pieds (158 mètres) et dans
lequel viennent s'engouffrer toutes les eaux des environs.

L'ensemble des grottes, cavernes et galeries qu'il a été
possible d'explorer jusqu'à ce jour n'embrasse pas une
longueur moindre de 10,090 toises ou de 18 kilomètres 75 ;
la plus remarquable est la grotte d'Adelsberg, dont
M. Victor Tissot, dans son ouvrage : *Vienne et la Vie
viennoise*, a fait la description suivante :

    « La Carniole, dit-il, est le pays des merveilles souter-
» raines. Sous ce sol hérissé de cailloux, de blocs erra-
» tiques, il y a des floraisons minérales splendides, des
» grottes merveilleuses, des cavernes plus belles que celle
» d'Ali-Baba et de ses quarante ministres, des souterrains
» qui vous conduisent à des palais de fées.

    » Les grottes d'Adelsberg dépassent tout ce que l'ima-
» gination la plus fantastique peut rêver ; les concrétions
» calcaires, les stalactites et les stalagmites y simulent des
» arbres, y forment des forêts de cyprès et de palmiers ;
» ici, elles tombent en larges draperies aux plis harmo-
» nieux ; là, elles s'élèvent en colonnades, en pilastres, elles
» se courbent en ogives et en nefs, comme des cathé-
» drales gothiques, et au milieu de toutes ces lignes capri-
» cieuses, on aperçoit de vagues figures d'hommes et
» d'animaux. On trouve dans ces cavernes des lacs noirs,
» peuplés de poissons dont les yeux sans nerf optique
» sont à l'état rudimentaire, des reptiles informes égale-
» ment aveugles, des chauves-souris et une quantité de
» mouches, d'arachnides, de crustacés sans yeux ; on
» entend des chutes de cascades et des sources qui mur-
» murent comme des gnomes que votre présence con-

» trarie. Deux fois par an, on accourt de Vienne et de
» Trieste pour assister à l'illumination de ces grottes que
» la superstition populaire peuple d'esprits mystérieux et
» d'êtres invisibles et surnaturels. »

On est loin cependant d'avoir pu visiter toutes les
curiosités souterraines du Karst, et le sol des excavations
dans lesquelles il a été possible de pénétrer, parsemé de
trous et de fentes qui permettent de percevoir clairement
le bruissement des eaux qui coulent dans des étages inférieurs, atteste qu'au-dessous des cavernes accessibles il en
existe encore d'autres, plus spacieuses, où d'immenses
réservoirs servent de point de départ aux divers cours
d'eau qu'on y voit, çà et là, surgir du sein de la terre.

RÉSERVOIRS INTÉRIEURS

Ces écoulements souterrains, ces vastes amas d'eau existent indubitablement aussi sous les calcaires arides et
crevassés qui forment le bassin alimentaire de la Fontaine
de Vaucluse ; on peut même, en consultant les débits qui
persistent après les plus grandes sécheresses, se rendre
compte, par un calcul pour ainsi dire mathématique, de
l'importance des nappes d'eau qui les alimentent.

Ainsi, le 22 mars 1878, à la suite d'une sécheresse à peu
près absolue, qui avait régné depuis le commencement de
décembre, le niveau de la Fontaine était descendu à la cote
0m56 de son sorgomètre ; dans un sol aussi facile à tra-
verser, toutes les infiltrations avaient certainement disparu
et l'alimentation ne se faisait plus qu'au moyen des réserves
souterraines ; cependant, jusqu'au 28 mars, c'est-à-dire
pendant sept jours consécutifs, le débit s'est uniformément
maintenu à 6m10 par seconde, tandis que le niveau ne
s'est abaissé que de 0m11 ; l'écoulement total a donc été
de 3,689,280 mètres cubes pour un abaissement de 0m11
dans les nappes alimentaires ; d'où l'on est conduit à conclure que la surface de ces nappes était au moins égale,
à ce moment, à 3,689,289/0,11 = 3,350 hectares. Tout

porte à croire, et l'expérience au scaphandre dont il va être parlé le démontre, que ces nappes ont de grandes pro-

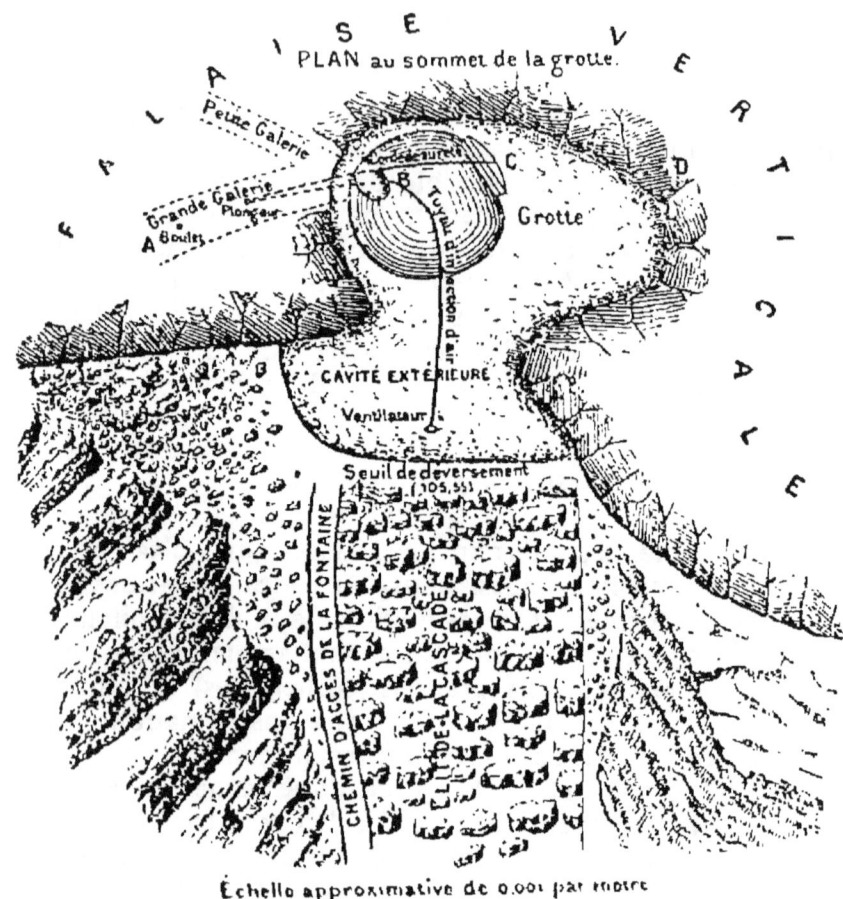

Fig. 1

ondeurs. On peut juger par là de l'importance des volumes d'eau qui restent enfouis dans le sol sans être utilisés.

Ces nappes sont probablement accumulées dans le voisinage de la source, mais il en existe aussi à des étages plus élevés, et j'en ai trouvé la preuve en visitant un travail intéressant récemment exécuté, dans le voisinage de Terrassières, au pied de la montagne de Lure, à une altitude d'environ 1,000 mètres. Là, sur un sol aride, comme le sont tous ceux du bassin alimentaire de la Fontaine, un propriétaire (1) a eu l'ingénieuse idée de chercher à utiliser les eaux d'une couche aquifère, dont l'existence lui paraissait attestée par la présence constante de l'eau au fond d'un aven situé dans son domaine; après de laborieux efforts, il est parvenu jusqu'à cette couche par une galerie souterraine, et il a mis au jour une source précieuse, dont le débit en étiage n'est pas moindre de 2,000 litres par minute.

Ce simple exemple suffit à démontrer l'utilité qu'il y aurait à connaître dans tous ses détails la configuration souterraine du bassin alimentaire de la Fontaine, puisque cela pourrait permettre, par l'exécution de travaux semblables, de fertiliser une partie de l'immense contrée déshéritée de ce bassin.

La découverte des vastes réservoirs souterrains, dont je n'ai pu que conjecturer l'existence, permettrait de leur emprunter, à l'époque des sécheresses, les volumes considérables qui y restent aujourd'hui inutilisés; elle fournirait aussi, sans doute, le moyen de profiter des bassins que la nature à créés, pour y retenir, par des barrages peu coûteux, des approvissionnements plus importants encore; de pareilles réserves, placées à l'abri de toute évaporation, constitueraient des ressources précieuses pour régulariser le cours de la Sorgue, et, en atténuant la gravité de ses crues, elles permettraient d'accroître, dans une notable proportion, l'étendue de ses irrigations, ainsi que la force motrice de ses usines.

EXPLORATION DE LA GALERIE D'AMENÉE (fig. 1 et 2).

Toutes les recherches entreprises pour arriver à cette dé-

(1) M. Millet, juge au tribunal de Valence.

couverte présentent donc un vif intérêt, et l'on ne sera pas

Coupe suivant A.B.C.D.

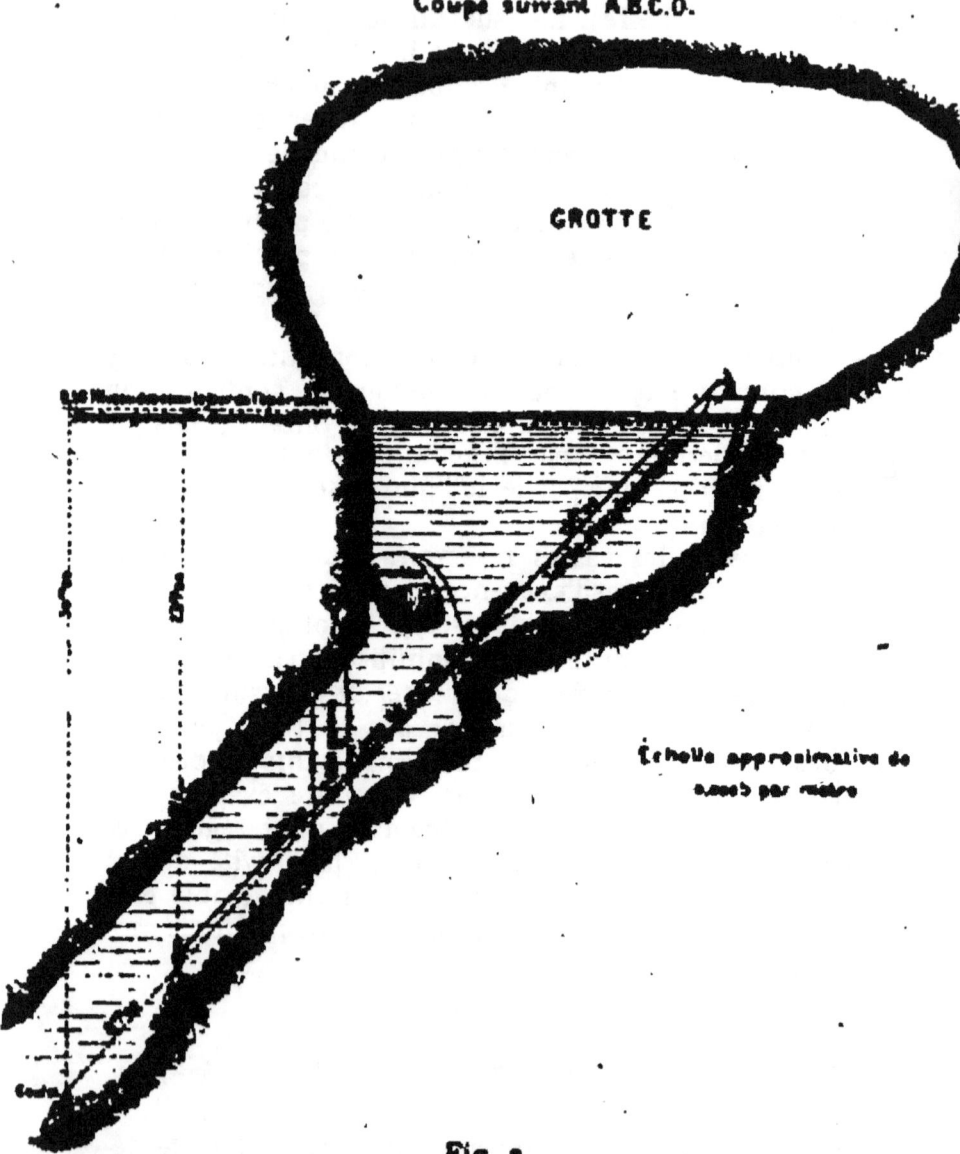

GROTTE

Échelle approximative de
0,005 par mètre

Fig. 2

surpris que, profitant des basses eaux de 1878, j'ai
cherché, dans ce but, à renouveler l'expérience inutilement

tentée par M. Reboul, en 1869, pour pénétrer dans la galerie d'amenée des eaux. Sur ma proposition, M. le directeur du syndicat du canal de Vaucluse (1) accepta volontiers, au nom de ce syndicat,de se charger des frais de l'opération ; elle fut confiée au sieur Ottonelli, plongeur expérimenté du port de Marseille, et elle commença le 26 mars, en présence de M. le préfet de Vaucluse (2), de la plupart des membres du syndicat et d'une foule nombreuse, distribuée sur le plan incliné qui sert d'accès à la grotte.

L'eau était très claire et on distinguait nettement dans le fond, creusée dans la paroi est, l'ouverture de la galerie d'amenée des eaux, en partie masquée par un énorme bloc, légèrement incliné, qui ne laissait de libre, à droite et à gauche, que deux ouvertures en forme de segments circulaires.

Parvenu au pied de ce bloc, à une profondeur de 10 mètres sous l'eau, le plongeur, avant de s'engager dans l'une de ces ouvertures, jugea prudent de se débarrasser d'un assez grand nombre de blocs mobiles, réunis dans le fond et dont le peu de fixité pouvait rendre sa descente dangereuse. Il les fit successivement rouler dans la galerie au moyen d'une pince, en les dirigeant vers l'ouverture de droite, qui était plus facilement accessible ; il put en même temps observer, pour chacun d'eux, le temps du roulement et reconnaître qu'il se terminait toujours par un bruit sourd semblable à celui d'une chute. Ce temps, plusieurs fois constaté, fut uniformément de 78 secondes, et il permit déjà d'apprécier, dans une certaine mesure, la profondeur de l'abîme. Le sieur Ottonelli nous donna ensuite les dimensions du bloc, dont la largeur moyenne est de 2m50, l'épaisseur de 1m70, la hauteur de 5 mètres et le cube de 21 mètres.

Il reconnut que, placé sur le milieu de l'orifice et un peu incliné de l'ouest à l'est, il avait sa base solidement assise

(1) M. Gabriel Verdet.
(2) M. Spuller.

sur le seuil; mais que sa tête ne s'appuyait sur la surface glissante du sommet de la voûte que par un bloc de petite dimension, formant clef. Il nous exprima la pensée qu'il ne serait pas difficile, en enlevant cette clef ou en introduisant quelques cartouches de dynamite dans la masse, de faire sauter ce bloc et de dégager l'orifice, et il nous proposa de le faire. Mais quelque tentante qu'ait pu paraître, au premier abord, cette proposition, je ne crus pas devoir l'accueillir. Il eut été à craindre, en effet, qu'une masse pareille, quoique divisée, venant à s'introduire dans la galerie, n'y créât des obstacles à l'écoulement, susceptibles de nuire à son cours naturel. Il me parut, d'autre part, que ce bloc se trouvait là providentiellement placé, comme une espèce de robinet destiné à rétrécir le conduit et à atténuer l'importance des crues, et qu'à ce point de vue encore il ne pouvait y avoir que des inconvénients à le faire disparaître : il fut donc respecté.

Le lendemain, 27 mars, le plongeur s'engagea résolument dans la galerie, par l'ouverture de droite, et lorsqu'il disparut aux regards, lorsque pendant un intervalle de vingt minutes, sa présence dans le sombre abîme, où nul être humain avant lui n'avait encore pénétré, ne fut accusée que par les dégagements de l'air venant sortir par le sommet de l'orifice, les spectateurs ne purent, tout d'abord, se défendre d'un certain sentiment d'anxiété. Il renouvela plusieurs fois cette expérience et il arriva ainsi à nous fournir les indications nécessaires pour dresser le croquis ci-joint (fig. 2), qui représente le profil approximatif de cette galerie.

Une obscurité de plus en plus profonde et la crainte de rencontrer une chute dangereuse, l'empêchèrent d'aller plus loin, il s'arrêta donc à une distance de 20 mètres de l'orifice, sous une profondeur d'eau de 23 mètres ; mais un boulet lancé par lui et retenu par une corde dont une des extrémités était entre nos mains, nous permit de reconnaître le fond et de l'évaluer à 30 mètres au-dessous du plan de l'eau. Une exploration nouvelle, exécutée avec une lanterne facilement portative, lorsqu'une autre circonstance favorable viendra à se présenter, fournira le moyen

de pousser plus avant ce genre d'investigation et d'évaluer
avec plus de précision la profondeur de la nappe souterraine
voisine; mais le résultat précédent fournit déjà à cet égard
une indication importante; il permet, en effet, en considérant
la hauteur de 30 mètres comme celle d'une moyenne et
en l'appliquant à la surface précédemment trouvée de
3,350 hectares, d'évaluer le volume intérieur, actuellement inutilisé et susceptible d'être employé à régulariser les
débits de la Fontaine, à près de 300 millions de mètres
cubes.

CONCLUSION

Ainsi, soit qu'on cherche à expliquer scientifiquement
un des faits naturels les plus remarquables de la France,
soit qu'on veuille mettre à découvert des merveilles en-
fouies dans le sein de la terre, soit enfin qu'on se préoccupe de répandre la fertilité dans des régions arides ou
d'accroître la richesse d'une contrée plus heureusement
partagée, les recherches relatives à la détermination du
régime interne de la Fontaine de Vaucluse présentent un
haut intérêt.
Une exploration plus attentive des avens, quelques expériences avec une matière colorante ou une dissolution saline
convenablement choisies, enfin le renouvellement, avec
des moyens plus complets, de l'opération effectuée en
1878 dans la galerie de la source elle-même, pourront
déjà donner de nouvelles et utiles iudications à ce sujet.
Mais cela ne saurait suffire et, pour parvenir au but, il
faudra donner à ces recherches un caractère plus important : il faudra entreprendre sur certains points favorables
comme dans le lit du Coulon, aux abords du pont Julien,
ou dans celui de la Nesque, aux environs de Monieux, des
sondages profonds, destinés à faire connaître la nature des
couches successives traversées jusqu'à la rencontre des
marnes néocomiennes et à accuser la présence des cavités
ou des nappes souterraines qui peuvent y exister. Il fau-
drait aussi exécuter, sur d'autres points, notamment dans

le voisinage de la Fontaine, des galeries horizontales ou inclinées de manière à aller rencontrer les conduits et les excavations qui servent de réceptacle aux eaux. La Commission météorologique de Vaucluse semble naturellement appelée à se charger de ces recherches et de ces travaux ; mais, quoique les dépenses qu'ils exigent n'aient pas une bien grande importance, elles sont cependant supérieures aux faibles ressources dont cette commission dispose et auxquelles elle doit d'ailleurs donner une autre destination ; elle ne pourrait donc les entreprendre que si des allocations spéciales lui étaient accordées pour cet objet ou si les souscriptions généreuses de quelques amis de la science lui en fournissaient les moyens.

En attendant, il m'a paru intéressant d'exposer l'état actuel de la question et de faire ressortir les conséquences probables qu'on est en droit de déduire des faits déjà connus ; il m'a paru surtout important, messieurs, de signaler à votre attention l'utilité de pousser plus avant l'investigation dont l'origine de la Fontaine de Vaucluse a déjà été l'objet, afin de mettre au jour tous les mystères qui l'environnent encore.

Je m'estimerai heureux si j'ai pu vous faire partager ma conviction à cet égard et j'espère, s'il en est ainsi, que vous voudrez bien encourager d'un vœu favorable les recherches dont il s'agit.

Nous laisserons le lecteur sur l'impression qu'aura produite dans leur esprit la lecture de ces pages.

M. Bouvier est un aimable écrivain, mais il est avant tout l'homme de la science pratique et positive. C'est à ce titre que ses constatations nous ont vivement impressionné. C'est lui qui présume, ou plutôt qui démontre l'existence, sous les massifs montagneux qui, de Vaucluse vont rejoindre les Alpes, d'une surface égale à *trente-trois millions cinq cent mille mètres carrés*, à travers laquelle s'ouvriraient les réservoirs, les souterrains, les issues de toute nature dans lesquels les eaux de la fontaine de Vaucluse séjournent et circulent avant d'apparaître au jour. Si cette surface avait la forme d'un carré régulier, chaque côté de ce carré aurait une longueur de près de six mille mètres. On reconnaîtra que cette affirmation scientifique est bien faite pour ouvrir des horizons nouveaux et que désormais toutes les observations, toutes les études sur le régime intérieur de la fontaine offriront, aux yeux de tous, un intérêt de premier ordre.

MM. les ingénieurs ont une tendance afférente à leurs honorables et utiles fonctions ; ils rêvent de dessécher les étangs et de régulariser le débit des sources dans l'intérêt exclusif de l'agriculture et de l'industrie. Nous oserons, dans ce cas exceptionnel, leur opposer d'autres rêves. Aux ingénieurs, aux savants, nous opposerons les grands amis de la nature, ceux qui la voient sous un autre aspect que sous l'aspect pratique et qui aiment admirer ses beautés et ses forces sans vouloir à tout prix leur utilisation. Ceux-ci considéreront la solution de ce problème en se plaçant à un point de vue non moins passionnant. Qu'y a-t-il sous ces masses rocheuses ? Quelles routes profondes, sinueuses, accidentées, les eaux s'y sont-elles creusées depuis les premiers âges du monde ? Quelles merveilles y sont-elles cachées dans les ténèbres du sol, grottes, stalactites, stalagmites, lacs, rivières, cascades, que l'œil humain n'a jamais contemplées et que le génie moderne ouvrira peut-être un jour à l'admiration universelle ?

Les savants ont posé un énorme point d'interro-
gation sur cette grande et formidable falaise qui
domine la source et ferme la vallée de Vaucluse. Ce
rocher est un sphinx non sculpté.

On ne pourra plus, désormais, s'arrêter devant la
Fontaine de Vaucluse et devant le colosse de pierre
qui la domine, sans demeurer rêveur, sans songer à
ce problème que la science a seulement posé, mais
que l'imagination ose déjà résoudre.

Légende:
- ☐ *Terrains postérieurs aux Néocomiens*
- ▨ *Terrains Néocomiens*
- ▨ *Marnes Néocomiennes*
- ☐ *Terrains Sidérolitiques*
- ▨ *Terrains Jurassiques*

d'après Bourier.

L.Thuillier, del.t

Le bassin alimentaire de la Fontaine

TABLE DES MATIÈRES

Maisons-Laffitte. — Imprimerie J. Lucotte.

www.ingramcontent.com/pod-product-compliance
Lightning Source LLC
Chambersburg PA
CBHW070513030726
47503CB00004B/1253